Volker Grigo

Der Drang zu töten

der nächste Fall für Tom Bauer

www.tredition.de

© 2017 Volker Grigo

Verlag und Druck: tredition GmbH, Grindelallee
188, 20144 Hamburg

ISBN
Paperback: 978-3-7439-2380-5
Hardcover: 978-3-7439-2381-2
e-Book: 978-3-7439-2382-9

Der Drang zu töten

Volker Grigo

Er lebt und arbeitet in Wachtberg und er ist erst sehr spät zum Schreiben gekommen. Für ihn ist das wie Therapie!

Wachtberg ist seine Wahlheimat, hier fühlt er sich wohl und findet, wie er selber sagt, die nötige Ruhe zum Schreiben. Er liebt es in der Marktscheune zu sitzen. Dort genießt er seinen Kaffee und sieht den Leuten beim Einkaufen zu.

Eine Oase der Sinne nennt er es!

Volker Grigo

Der Drang zu töten

Der nächste Fall für Tom Bauer

Ein Wachtbergkrimi

Ein Buch von Volker Grigo

Vorwort;

Liebe Leserinnen und Leser, es sei Ihnen versichert, dass alle in diesem Buch befindlichen Personen, rein in meinem Kopf entstandene Charaktere sind!

Die Örtlichkeiten sind frei gewählt und nicht als wahre Tatorte zu sehen

Ich wünsche Ihnen viel Spaß beim Lesen.

Der Autor

Der nächste Fall für Tom Bauer

Der Drang zu töten

Tom Bauer war mit seiner Frau Evelyn und Tochter Lulu in Bonn beim Eislaufen am alten Zoll auf der Hofgartenwiese. Es war Ende November, und seit ein paar Tagen hatten auch die Weihnachtsmärkte in der Umgebung die Pforten wieder geöffnet. Tom liebte es mit seinen Beiden über den Markt in Bonn zu schlendern, vor allem wenn es etwas geschneit hatte, so wie in diesem Jahr.

Also gingen sie sofort nach dem Lauf am alten Zoll über die B9, die Ampel zeigte gerade grün, und schon standen sie vor der Universität, genauer gesagt unmittelbar am Koblenzer Tor. Sie gingen weiter über den kleinen Platz am Eingang der U-Bahn vorbei und dann rechts durch einen der zahlreichen Bögen der Uni, Richtung Marktplatz. Schnell noch an der nächsten Ampelanlage vorüber und schon standen sie links neben dem großen Rathaus.

Evelyn hatte vorgeschlagen, erst einmal ins Miebach zu gehen, um sich dort etwas auf zu wärmen und eine Kleinigkeit zu essen. Tom und Lulu hielten das auch für eine super Idee und so betraten sie ihr Lieblingsrestaurant schnell. Sie gingen ganz durch bis nach hinten und setzten sich an einen der Tische rechts in der Ecke. Tom hatte den Beiden die Jacken, Schals und Mützen abgenommen und hängte gerade alles auf die dafür vorgesehene Garderobe. Dann ging er schnell ins Herren WC und wusch sich die Hände. Als er zurückkam, waren Evelyn und Lulu schon dabei die Speisekarte zu erkunden.

„Na habt ihr schon etwas gefunden?" Fragte er.

„Ja", antwortete Evelyn, „Lulu mag nur eine Portion Fritten mit Ketchup und ich nehme die Currywurst".

„Ah das ist eine gute Idee", sagte Tom, „Die nehme ich dann auch!"

Kurz darauf war auch schon ein Kellner am Tisch, der die Bestellung aufnahm. Lulu hatte noch nach einer Limonade gefragt und ihre Eltern einigten sich auf Apfelschorle. Schnell waren die Getränke gebracht worden und die drei hatten reichlich Spaß an ihrem Tisch, denn Tom konnte sich mal wieder nicht zurückhalten und machte einen Quatsch nach dem anderen. Lulu lachte die ganze Zeit und Evelyn bat Tom nun darum etwas die „Bremse" zu ziehen: „Wir sitzen ja schließlich in einem Restaurant", sagte sie. Dann kam auch schon das Essen und Tom hörte auf mit seinen Grimassen.

Kaum fingen sie mit dem Essen an, da meldete sich auch schon Toms Smartphone. Er sah kurz aufs Display und konnte sehen das es Regina Sturm, seine Kollegin bei der Polizei, war. Er entschuldigte sich bei seinen Lieben, aber er musste das Gespräch annehmen.

„Regina hallo, was gibt's?" Sagte Tom nur.

„Bitte was? Wann? Wo?" Tom sah auf einmal sehr ernst aus.

„Ja klar, ich komme sofort, wartet bitte im Büro auf

mich, ich bin in ca. 10 Minuten da, ok? Ja gut, dann bis gleich".

Tom Bauer legte das Telefon zur Seite und teilte Evelyn und seiner Tochter mit, dass er leider den tollen Abend würde abbrechen müssen. Es gab einen Leichenfund und er müsste unbedingt ins Büro.

Beide waren natürlich negativ überrascht, doch verstanden sie auch, dass dieses Toms Job war. Er gab beiden noch einen Kuss zum Abschied und machte sich dann zu Fuß auf den Weg zum Büro in der Bornheimer Straße.

Es hatte nur kurz gedauert, da war Tom auch schon dort angekommen. Regina Sturm stand vor dem Eingang des Gebäudes und begrüßte ihn.

„Sorry Tom, dass ich Dir den Abend versaut habe, aber es geht leider nicht anders, du musst unbedingt mit".

„Ja ist ja schon gut", entgegnete er, „Komm lass uns los, die anderen warten sicher schon auf uns und kalt wird es denen auch sein!"

Also machten sich die beiden in Reginas Dienstwagen auf den Weg nach Wachtberg. Man hatte eine Leiche oben am Waldesrand bei Ließem gefunden. Diese lag dort wohl in einem schmalen Graben am Wegesrand. Tom war gespannt was passiert war!

Nach einer halben Stunde etwa waren sie in Ließem eingetroffen, sie fuhren gerade am Köllnhof vorbei und bogen die nächste rechts ab. Als sie dem Weg etwa 2km gefolgt waren, konnten sie schon das Blaulicht am Waldesrand erkennen. Kurz darauf standen sie auch schon am Treffpunkt.

Die Kollegen der Pecher Polizei erwarteten sie schon ungeduldig. Klaus Müller der Polizeiobermeister begrüßte Regina und Tom. Er war mal wieder extrem angespannt und völlig aus dem Häuschen!

„Ach Herr Bauer, gut, dass Sie nun endlich da sind", rief er aufgeregt und Tom hatte dabei das Gefühl, er würde gleich einen Herzinfarkt bekommen.

Also versuchte er ihn mit ruhigen klaren Worten etwas herunter zu holen.

„Ach guten Abend Herr Müller", sagte Tom Bauer, „Was haben wir denn dieses Mal? Und bitte beruhigen sie sich, alles wird aufgeklärt, das wissen Sie doch mittlerweile".

Sofort hatten diese Worte den gewünschten Effekt erzielt, Müller wurde gleich etwas stiller und führte Tom und Regina dann zum Leichenfund.

Da lag eine ältere, männliche Person, der Länge nach in einem doch sehr schmalen Graben, direkt neben dem Feldweg. Sie war schon ganz weis vom Schneetreiben am Vormittag und sicherlich auch stocksteif gefroren. Alles ergab wirklich ein eher unwirkliches Bild! Rings um den Toten war der Boden ca. 2-3 cm noch schneefrei, als ob man diesen hier so zurechtgelegt hätte. Die Schultern des Toten waren so zur Körpermitte gepresst, dass er fast aussah wie eine riesen Zinnfigur. Viel Platz war da nicht!

Ein Spaziergänger, der mit seinem Hund unterwegs war, hatte ihn dort gefunden. Dieser saß noch mit bleichem Gesicht, ein paar Meter neben dem Leichenfund, auf einer Bank. Sein Hund lag ihm zu Füßen und wedelte freundlich mit seiner Rute.

Tom wendete seinen Blick gleich wieder von ihm ab und kümmerte sich erst einmal weiter um die Leiche.

Er hatte sich Silikonhandschuhe übergezogen und untersuchte den Toten. Die Klamotten waren steif gefroren, da bewegte sich nichts mehr. Tom hatte es sofort aufgegeben, die Handschuhe zog er aus und steckte sie zurück in seine Manteltasche.

Nichts deutete im Moment auf Fremdeinwirkung hin, kein Blut war zu sehen, nichts, doch das konnte auch täuschen, wie die Vergangenheit schon oft zeigte. Tom hatte nicht lange gefackelt und mit seinem Smartphone die Nummer von Sabine Heinrichs, Gerichtsmedizin Bonn, angewählt und ihr mittgeteilt das sie gleich Nachschub erhalten würde. Auch Sabine musste somit ihren Sonntagabend unterbrechen, doch das war ja auch für sie nichts Neues.

Der Leichenwagen war schon vor Ort und man packte die steifgefrorene Leiche in einen Leichensack und dann in einen mitgebrachten Sarg. Diesen stellten die Kollegen der Gerichtsmedizin dann hinten in den Wagen und schlossen die Hecktür wieder. Jetzt machte sich das Team der Gerichtsmedizin wieder auf den Weg nach Bonn.

Die Spurensicherung hatte alles sichergestellt was ging und war mittlerweile abgefahren. Tom Bauer und Regina Sturm verabschiedeten sich noch von Klaus Müller und wollten noch kurz mit Alfred Fleischer sprechen, der immer noch sehr geschockt auf seiner Bank saß! Er zitterte am ganzen Körper, was aber auch sicher etwas mit der vorherrschenden Kälte zu tun hatte.

Fleischer konnte aber nichts Konkretes zur Sache sagen, er war mittlerweile auch sehr verkühlt, worauf sich die beiden Ermittler dann auch von ihm verabschiedeten und ihm dabei noch sagten, dass er sich schnell nach Hause begeben solle, nicht, dass er noch krank werden würde!

Alfred Fleischer stand dann sofort auf, zuckte kurz an der Leine und schon war er mit seinem Hund davongelaufen.

Regina hatte Tom dann wieder mit in die Stadt genommen und ihn beim Berta von Suttner Platz abgesetzt. Er ging nun wieder zu Fuß in die Innenstadt. Mit Evelyn hatte er schon von Unterwegs telefoniert, sie hatten vor, bei Sinn Leffers auf ihn zu warten um dann noch etwas über den Weihnachtsmarkt zu gehen. Es war gerade 18 Uhr als Tom seine beiden Damen vor dem Laden stehen sah. Sie kamen im sofort entgegengelaufen und dann ging es über den Markt. Gleich am ersten Stand gab es für Lulu einen Kinderpunsch und für Evelyn und Tom eine schöne heiße Feuerzangenbowle zum Aufwärmen. Später fuhren sie noch gemeinsam mit dem Riesenrad und Lulu hatte noch eine große Zuckerwatte genascht. Ihr Mantel und die Mütze zeugten noch vom Kampf mit dem klebrigen Zeug.

Kurz nach zwanzig Uhr machten sich die Bauers dann auch auf den Heimweg. Lulu war schon im Auto eingeschlafen und Tom musste sie zu Hause in Werthhoven ganz vorsichtig aus dem Sitz heben um sie in ihr Zimmer zu tragen. Ganz langsam hatte er sie entkleidet und ihr ein Nachthemdchen übergestreift. Dann legte er sie ins Bett und deckte sie zu. Sie hatte von der ganzen Aktion nichts mehr mitbekommen.

Evelyn und Tom hatten es sich noch mit einem Glas Wein vor dem Kamin im Wohnzimmer gemütlich gemacht und gingen dann auch zeitig zu Bett.

Am nächsten Tag, es war noch recht früh, saß Tom Bauer gerade mit Kaffee und Zeitung am kleinen Tisch in der Küche, als wieder einmal sein Smartphone klingelte. Das Display zeigte keine Nummer an, doch Tom nahm das Gespräch trotzdem entgegen.

„Tom Bauer hallo? Ach Sabine Du bist es. Und was gibt es Neues? Aha, okay, ja ich mache mich gleich auf den Weg zu dir, kein Thema, ja, ja bis gleich. Tschüss".

Tom legte sein Handy gerade zur Seite, um den letzten Schluck Kaffee zu trinken. Die Zeitung hatte er schon zugeschlagen. Er war nun im Begriff nach Bonn zu fahren. Lulu und Evelyn waren schon aus dem Haus, so brauchte er nur die Tür hinter sich zu verschließen und sich auf den Weg zu machen.

Nach ca. 45 min war er in Bonn an der Sandkaule angekommen und parkte seinen Wagen wie immer vor dem großen Tor der Gerichtsmedizin Bonn. Er klingelte kurz an der Tür und mit einem Klick öffnete diese sich. Tom stieg die Stufen empor und wurde oben umgehend von Sabine Heinrichs der Gerichtsmedizinerin und Freundin begrüßt.

„Na, Tom, guten Morgen, wie geht's?" Sagte sie zu Tom.

„Guten Morgen, alles gut soweit und bei Dir?"

„Prima, schau mal, hier habe ich gerade den Bericht, den ich heute Morgen angefertigt habe. Oder besser noch, komm doch gerade mal mit, ich möchte dir kurz mal etwas zeigen was dich interessieren dürfte".

Tom Bauer folgte seiner Kollegin neugierig. Sie betraten gemeinsam den Raum mit der großen Kühleinrichtung. Sabine Heinrichs zog im Moment gerade einer der zahlreichen Schubladen aus der verchromten Front des Kühlers.

Auf der Schublade lag ein großer schwarzer Plastiksack mit einem Reißverschluss, der von oberen Ende bis nach unten zum Fußende reichte. Sabine war gerade im Begriff diesen zu öffnen und Tom schaute ihr dabei zu. Ein leicht verschrumpelter nackter Körper kam zum Vorschein.

„Sieh mal hier", sagte Sabine zu Tom und hob im gleichen Augenblick den linken Arm der Leiche in die Höhe. Tom konnte sofort eine Wunde erkennen, die nach einem Einstich aussah. Sie war direkt unterhalb der der Brust und zirka 3,5 cm breit.

„Ach du Kacke", meinte Tom etwas erschrocken, „Das sieht mir aber sehr nach Mord aus, was?"

„Ja das denke ich auch mein Lieber und zwar nach einem ziemlich perfekten noch dazu. Die Klinge gehörte sicherlich zu irgendeinem Fisch- oder Jagdmesser, und sie war recht lang. Der Stich ging unter dem elften Rippenbogen glatt durch und traf mitten ins Herz, der Mann war sicherlich sofort tot. Da kannte sich wohl einer aus" meinte Sabine Heinrichs.

„Okay, dann danke ich dir und werde mich mal rüber ins Präsidium begeben um die Neuigkeiten meiner Kollegin mitzuteilen. Danke dir Sabine, wir telefonieren, ok?"

„Ja machen wir, Tom, bis die Tage!" erwiderte Sabine Heinrichs noch. Und schon war Tom wieder unterwegs.

Kaum 10 min später war er auch schon im Polizeirevier auf der Bornheimer Straße angekommen. Er grüßte im Vorübergehen seine Kollegen von der Bereitschaft und klopfte dann an der Tür zu Regina Sturms Büro.

„Ja bitte", kam es aus dem Zimmer und Tom betrat den Raum: „Hey! Moin Regina".

„Ah guten Morgen Tom. Na? Einen schönen restlichen Sonntag gehabt?"

„Ja, war ganz gemütlich und Du?" antwortete Tom Bauer.

„Auch prima. Sag, was führt dich zu mir?"

Tom setzte sich auf den Freischwinger vor Reginas Tisch und erzählte ihr von dem was er gerade bei Sabine Heinrichs erfahren hatte.

„Wow, dann haben wir also schon wieder einen Mord! Nicht schlecht. Haben wir Hinweise zur Person? Gab es irgendwelche Papiere, die er evtl. mit sich geführt hat?"

„Nee nichts, wir tappen noch völlig im Dunkeln!", gab Tom zur Antwort.

„Oh, das ist ja nicht so viel, was? Da wollen wir doch mal sehen ob wir herausbekommen ob irgendwo Jemand vermisst wird.", meinte Regina.

„Ja das wird wohl erst einmal das Beste sein", sagte Tom, er nickte Regina zu. Er stand auf und verließ ihr Büro. Dann ging er sofort weiter in sein Zimmer und klemmte sich hinter den PC.

Nach ca. einer Stunde hatte er wohl gefühlte 200 Vermisstenanzeigen durchforscht ohne auf eine Person zu stoßen welche mit der Leiche in Verbindung gebracht werden konnte. Er legte sich kurz in seinem Stuhl zurück und streckte seine Arme in Richtung Decke, um wieder Gefühl in den Fingern zu bekommen, als Regina in sein Büro trat.

„Hey Tom schau mal hier, kam gerade rein, da wird eine männliche Person vom Altersheim in Pennefeld als vermisst gemeldet!"

Tom schreckte hoch: „Ach tatsächlich? Zeig mal her!"

Er las die Vermisstenanzeige aufmerksam durch. Der Vermisste sei 75 Jahre alt, hatte helles graues Haar und war bekleidet mit einer dunklen braunen Cord-

hose, und schwarzen Schuhen. Er trug eine Anthra-
zitfarbene Winterjacke mit Kapuze und eine braune
Hornbrille: „Ja das ist genau die Person die wir gefunden haben". Sagte Tom sofort.

„Bist du sicher?"

„Ja ganz sicher die Beschreibung zu seinen Klamotten. Ich habe auch die Brille neben dem Toten im Graben liegen sehn, dass passt haargenau und die Alters-
angabe haut sicher auch hin".

„Okay dann sind wir ja schon mal einen kleinen
Schritt weiter", fügte Regina noch hinzu.

„Weist du was? Ich fahre sofort mal da hin und schau
mir den Laden mal an und eventuell kann ich mir ja
auch sein Zimmer ansehen?", sagte Tom ohne lange
nachzudenken.

Regina stimmte ihm sofort zu und wünschte noch
viel Erfolg, dann verließ sie Toms Büro wieder.

Also machte sich der Ermittler auf nach Pennefeld.
Nach ca. einer guten halben Stunde hatte er das Ge-
bäude des Pflegeheimes erreicht, es lag rechts an der
Deutschherren Straße mitten im Ort kurz vor dem
Obstladen. Tom parkte den Wagen und betrat das
Haus. Draußen an der Wand vor dem großen Ein-
gang hatte er noch das goldene Türschild gelesen,
dieses hing rechts neben der Tür an der Wand:

Seniorenresidenz der Stadt Bonn

Haus Sonnenberg

Herzlich Willkommen

Drinnen stand er nun in einer sehr geschmackvoll ausgestatteten Eingangshalle. Sehr viel weißer Marmor war dort verbaut worden und überall hingen sehr schöne Ölgemälde mit goldenen Rahmen an den Wänden. Es standen viele Grünpflanzen umher was das Ganze wunderbar abrundete.

Gleich links an der Wand hing ein kleines Hinweisschild: „Empfang" stand darauf und Tom folgte diesem sofort. Ein paar Schritte weiter stand er vor einer massiven Eichentür. Er klopfte an und trat hinein. Ein gepflegter Mann mittleren Alters empfing ihn mit einem Lächeln im Gesicht: „Guten Tag, was kann ich für Sie tun?", fragte dieser.

„Ja, hallo, guten Tag, ich bin Tom Bauer, Hauptkommissar der Kripo Bonn. Ich hätte gern Herrn Schäfer gesprochen, bitte", sagte der Ermittler.

„Herr Schäfer, ja einen Augenblick bitte, er hat Sie schon angekündigt", antwortete sein Gegenüber.

Es dauerte nur ein paar Momente, da wurde auch schon die Tür zum Empfang wieder geöffnet. Ein Mann mit silbergrauem Haar, im Nadelstreifen Anzug und einer hellgrauen Fliege um den Hals betrat den Raum und streckte Tom seine Hand zum Gruß entgegen: „Guten Tag, Herr Bauer, Fritz Schäfer mein Name ich begrüße Sie!"

„Guten Tag, Herr Schäfer", Tom schüttelte die Hand des Mannes.

„Sie kommen wegen Heinrich Wolf, nicht wahr?"

„Wenn das der Name des Vermissten ist, ja deswegen bin ich wohl hier", antwortete Tom, und konterte dann: „Sagen Sie, Herr Schäfer, wie lange wird der Herr hier schon vermisst?"

„So viel ich mitbekommen habe, viel es das erste Mal vorgestern Morgen auf, als Herr Wolf nicht zum Frühstück erschienen ist. Er war immer sehr pünktlich, müssen sie wissen! Es wurde sich aber erst nicht weiter darum gekümmert. Doch als dann zu Mittag eine unserer Damen ihn aufsuchen wollte, viel auf, dass er nicht in seiner Wohnung war".

„Okay, was passierte als nächstes?", fragte Tom weiter.

„Nachdem man es mir gemeldet hatte, habe ich sofort die Polizei angerufen, um eine Vermisstenanzeige zu erstatten, da wir von Rechtswegen dazu verpflichtet sind", gab Schäfer zur Antwort.

„Herr Schäfer, ich muss Ihnen leider etwas Schlimmes mitteilen!"

Schäfer schaute Tom Bauer ernst und erschrocken an.

„Herr Schäfer, wir haben gestern Vormittag eine tote Person aufgefunden, auf der Ihre Vermisstenanzeige leider sehr gut passt! Ich denke, dass es sich bei dieser Person um Heinrich Wolff handelt!"

„Ach du meine Güte, wie konnte denn das passieren?"

Fritz Schäfer setzte sich auf einen Stuhl, welcher im Raum bereitstand. Er wurde ganz still und nachdenklich, wie es schien.

„Herr Schäfer ich kann ihnen leider nichts Weiteres zur Sache sagen, außer dass wir uns darum kümmern werden. Ist es möglich, dass ich mir die Wohnung des Herrn Wolff etwas näher ansehen kann?"

„Klar, kein Problem, gerne Herr Bauer, ich kann Sie gleich hinführen, wenn Sie mögen?" Der Leiter des Altersheimes war sichtlich erschüttert.

„Ich bitte darum", und Tom folgte Herrn Schäfer. Es ging quer durchs Gebäude, durch zahlreiche Flure dann eine Etage hoch in einen anderen Trakt des Hauses und nun standen sie gemeinsam vor einer weißen Holztür. Rechts neben der Tür war ein Schild angebracht, Heinrich Wolf stand darauf, dann nahm Fritz Schäfer einen Schlüssel zur Hand und öffnete die Tür.

Er geleitete Tom Bauer noch in die Wohnung von Heinrich Wolf.

Alles war sehr pompös eingerichtet, Tom kam sich vor, als habe er soeben einen alten Palastraum betreten. Überall um ihn herum gab es antike Möbel und

Bilder, welche sofort auf die Person schließen ließen, die hier gewohnt hatte.

„So etwas habe ich bis jetzt nur im Museum gesehen", kam es aus Toms Mund und er staunte nicht schlecht.

„Ja da haben sie wohl Recht Herr Bauer, der alte Mann war schon sehr vermögend, Oberstudienrat! Sie verstehen?"

„Ah", Tom nickte kurz.

Dann ließ Fritz Schäfer den Ermittler allein in der Wohnung zurück, damit dieser konzentriert seiner Arbeit nachgehen konnte. Tom wollte sich nachher bei Schäfer abmelden, sobald er mit der Durchsuchung fertig war.

Erst einmal wusste Tom Bauer nicht wo er beginnen sollte, doch dann stöberte er einfach los. Er begann in einem kleinen Raum, wo er sich an den vorhandenen eichenen Schreibtisch mit Tischbeinen, die an Löwentatzen erinnerten, setzte.

Sofort fiel ihm das kleine Foto auf, welches mitten auf dem Tisch lag, es war der Vermisste, der darauf abgelichtet war. Er nahm es an sich. Dann fand er, auch auf dem Tisch liegend, ein Fotoalbum. Er blätterte darin, doch konnte er nicht wirklich etwas damit anfangen. Weiter konnte Tom auf dem Schreibtisch nichts Verwertbares ausmachen. Er stand auf und ging durch die Räume der Wohnung. Er wunderte sich, dass es keine Bilder von Familienangehörigen an den

Wänden gab, doch machte er sich erst einmal keine weiteren Gedanken darüber.

Jetzt stellte er die Durchsuchung ein, schloss beim Verlassen der Wohnung diese mit dem Schlüssel ab und machte sich wieder auf den Weg zum Empfang. Dort angekommen, traf er geschickter Weise noch auf Herrn Schäfer, dieser stand dort mit seinem Kollegen, und unterhielt sich.

„Herr Schäfer, hier die Schlüssel von Herrn Wolfs Wohnung. Bitte sorgen sie doch dafür, dass diese im Moment nicht betreten wird, denn ich möchte noch unsere Spurensicherung vorbei schicken, nur für den Fall. Ich werde die Kollegen gleich anrufen, sie werden sich dann kurzfristig bei Ihnen melden".

„Klar, kein Problem Herr Bauer, ich werde den Schlüssel an mich nehmen und erwarte dann Ihre Kollegen", gab Fritz Schäfer zur Antwort.

„Ach so, Herr Schäfer, gab es eigentlich keine Angehörigen? Hatte Herr Wolf nie Besuch?"

„Soviel ich weiß, war er seit ein paar Monaten allein. Geschwister gab es wohl keine und sein Sohn war vor langem bei einem Autounfall ums Leben gekommen. Ja und seine Gattin starb vor etwa drei Monaten an einem Herzinfarkt, wenn ich mich recht erinnere!", sagte Schäfer ruhig und gefasst.

Tom schüttelte den Kopf: „Wie das Leben einem manchmal mitspielt", sagte er betroffen. Dann gab er dem Leiter des Heimes noch Bescheid, dass er ein

Foto des Vermissten auf dem Schreibtisch gefunden hatte, welches er gerne mitnehmen würde. Fritz Schäfer hatte nichts dagegen und so verabschiedete sich Tom dankend und machte sich wieder auf den Weg nach Bonn. Er fuhr geradewegs zur Gerichtsmedizin um sich davon zu überzeugen, ob es sich bei dem Toten wirklich um Heinrich Wolf handeln würde.

Er klingelte, dort angekommen, an der Tür und Sabine öffnete ihm.

„Hey hallo Sabine, na wie schaut`s?" Sagte er nur und stieg die Treppenstufen hinauf auf die erste Etage.

„Ach, hey Tom, alles gut, was treibt dich zu mir?", fragte sie.

Tom reichte ihr das Foto, sie schaute kurz und sagte dann: „Ja, das passt doch genau zu unserem Neuzugang."

„Okay, dass wollte ich nur wissen, danke Sabine, aber ich muss sofort weiter, bis später, ich melde mich". Und schon war Tom wieder die Stufen runtergesprungen und durch die Tür.

Sabine Heinrichs war etwas überrumpelt, aber das war sie bei Tom Bauer ja gewohnt.

Es dauerte nur ein paar Minuten, da saß der Ermittler auch schon in seinem Büro auf der Bornheimer Straße und brachte soeben die ganze Sache zu Papier. Regina Sturm hatte er seine Fortschritte schon mitgeteilt. Jetzt überlegte er hochkonzentriert, wie er denn weiter vorgehen könnte.

Es war kalt und Sven Klein saß in seiner kleinen spartanisch eingerichteten Bude vor der Heizung und rieb sich die zittrigen Hände. Eisblumen hatten sich an den einfachverglasten Scheiben seines Fensters gebildet und es wurde einfach nicht richtig warm im Raum. Jetzt drehte er den Knauf am Heizkörper bis zum Anschlag auf.

„Verdammter Mist, immer das Gleiche hier in dieser Bude!", fluchte er.

Auf der kleinen Anrichte in seiner Studentenküche lag ein langes blutverschmiertes Messer. Es war ein japanisches „Senzo Gyuto Hocho", dieses hatte er sich damals extra für seine Ausbildung als Koch besorgt. Heute hatte er damit einen Menschen getötet!

Es hatte sich gar nicht so schlimm angefühlt, wie er erst gedacht hatte. Im Gegenteil, gerade war er in der

Überlegung versunken, das doch noch einmal zu probieren, war ja ganz einfach gewesen. Es turnte ihn förmlich an, das viele Blut zu sehen!

„Ob den schon einer gefunden hat?", dachte er noch. Dann stand Klein auf ging hin zur Anrichte. Er nahm das lange Messer in die rechte Hand und schaute es sich genau an. Er stellte nun das Wasser an und ließ heißes Nass über die Klinge laufen um diese zu reinigen.

„Nur unter heißem Wasser, sonst wird es nur beschädigt", sagte er sich.

Dann trocknete er das Teil mit einem Baumwolltuch ab und legte es zurück in die Holzschachtel in der Besteckschublade. Er setzte sich wieder auf seine Pritsche und schaltete seinen alten kleinen Fernseher ein. Nun wartete er gespannt auf die Nachrichten, dabei hatte er ein gespenstisches Grinsen im Gesicht.

Tom hatte sich noch ein paar Notizen in seinen Hemingway geschrieben und dann schaute er auf die Uhr an der Wand: „Oh schon acht, ich glaub für heute reicht es!" Er schaltete seinen Computer und die kleine Tischlampe aus, dann stand er auf und verließ sein Büro. Nachdem er sich noch von Regina Sturm, die auch noch in ihrem Büro saß, und seinen Kollegen verabschiedet hatte, machte er sich auf den Heimweg. Er hatte von Unterwegs noch seine Evelyn angerufen und ihr Bescheid gegeben, dass er gleich zu Hause sein würde.

Gerade war Tom mit dem Wagen vor die Garage gefahren, da standen auch schon Lulu und Evelyn an der Eingangstür und begrüßten ihn, er drückte die Beiden und sie gingen ins Haus. Es roch herrlich, denn Evelyn hatte am Nachmittag Plätzchen gebacken und kurz bevor Tom nach Hause gekommen war hatten sie und Lulu noch ein großes Blech Lachspizza zubereitet. Gerade nahm Evelyn es aus dem Ofen und war im Begriff die Pizza mit dem Rollmesser aufzuteilen. Tom hatte sich schnell seiner Jacke entledigt und stand in der Küche: „Soll ich Dir helfen Schatz?", fragte er.

„Och nö Du, dass passt schon, setz dich doch zu Lulu an den Tisch, ich komme sofort!", erwiderte sie. Also drückte Tom ihr einen dicken Kuss auf die Wange und setzte sich dann zu seiner Tochter ins Esszimmer. Lulu war schnell zu ihm rüber auf den Stuhl und auf seinen Schoß geklettert und erzählte ihrem Vater, was sie denn heute so erlebt hatte. Dann zeigte sie ihm noch eine neue DVD. Evelyn und sie hatten im Müller oben einen schönen Weihnachtsfilm gefunden und gekauft, diesen wollten sie am Abend mit Tom gemeinsam anschauen. Nun stellte Evelyn die

Teller mit der lecker duftenden Lachspizza auf den Tisch und gesellte sich zu den Beiden. Die Drei reichten sich die Hände und Lulu ergriff das Wort: „Piep, piep, piep, wir haben uns alle lieb. Jesus Herr sei unser Gast und segne was du uns bescheret hast! Guten Appetit!"

Und so machten sie sich über die Pizza her und waren froh zusammen zu sein. Später nach dem Mahl hatten sie sich zusammen auf die große Couch ins Wohnzimmer gesetzt und sich den Weihnachtsfilm angeschaut. Sie saßen gemeinsam unter einer großen flauschigen Decke und genossen den Abend mit Kakao und Plätzchen vor dem großen Fernseher.

Ein paar Tage später, die Woche war ohne großes Vorankommen im aktuellen Fall vorbeigegangen. Tom Bauer saß im Büro und recherchierte im Internet nach der Familie von Heinrich Wolf, dessen Leiche sie ja vor ein paar Tagen gefunden hatten. Aber es gab nichts, nicht mal einen Hinweis auf irgendjemanden, der mit der Familie Wolf in Verbindung stehen könnte. Tom hatte lediglich diesen Eintrag gefunden:

Heinrich Wolf, Oberstudienrat

Bonn, Pützstraße 81

Das war alles, und der Eintrag war auch noch von 2009, also nicht mehr so aktuell. Damit konnte Tom natürlich nichts anfangen und so schaute er weiter, in der Hoffnung, doch noch etwas zu finden.

Sven Klein lief in seiner Bude auf und ab und war ungeduldig. Er wusste gerade nichts mit sich anzufangen. Plötzlich, wie automatisch griff er in die Besteckschublade und packte die Holzschachtel mit dem Messer aus. Er zog sich seinen langen schwarzen Mantel über und setzte sich die dunkle Pudelmütze auf. Die Holzschachtel steckte er in eine der Innentaschen des Mantels und schon hatte er seine Behausung verlassen. Eine Stimme in seinem Schädel sagte ihm: „Heute ist es soweit, du musst dich um den nächsten kümmern!" Er lief wie in Trance auf die Innenstadt von Bad Godesberg zu. Viele Leute waren Unterwegs, denn der Weihnachtsmarkt hatte begonnen, die Stadt war also voll und er fiel in der Menge nicht auf. Es hatte nicht lange gedauert da war er auch schon im Gespräch mit einem älteren Herrn. Diesen hatte er allein herumstehend an einer Glühweinbude ausgemacht und sofort angesprochen. Er hatte nie Probleme mit Leuten ins Gespräch zu kommen, er war immer freundlich und zuvorkommend, er hatte außerdem einen guten Umgangston, kam er doch aus gutem Hause. Sehr schnell hatte der Mann Vertrauen zu ihm und war seinen netten Worten verfallen. Gleich den nächsten Glühwein hatte Sven

Klein spendiert. Sie prosteten sich zu und tranken. Nach einer Weile gingen sie noch etwas Gemeinsam über den Markt, sie waren in Gesprächen versunken und Klein hatte bewusst einen Weg eingeschlagen, der sie gleich aus dem Ort herausführen würde.

Es war Mittwochnachmittag und Tom Bauer saß in seinem Büro, er hatte gerade mit Regina einen Espresso getrunken und war dabei seinen Bericht zu tippen, als plötzlich ein Kollege ins Büro stürmte.

„Tom, Regina, gut, dass ich Euch antreffe". sagte er aufgeregt und war dabei etwas außer Puste.

Tom und seine Kollegin waren etwas erschrocken.

„Hey, langsam Alter, was ist denn passiert?", beruhigte Tom den Kollegen sofort: „Hol erst einmal tief Luft und dann beginnst du von vorne, okay?"

Das tat Klaus Groß, der Kollege, dann auch und ergriff dann wieder das Wort: „Es gibt schon wieder einen Leichenfund! Dieses Mal zwischen Godesberg und Pech nahe der Landstraße.

Sabine sagte der Leichnam hätte an einem Baum gelehnt und sah so aus, als würde er dort eine Pause machen. Er hatte einen Hut auf dem Kopf, dieser war etwas ins Gesicht gezogen, so dass man annehmen konnte, er würde ein Nickerchen machen.

„Also wieder männlich", folgerte Tom: „Das ist ja interessant!"

„Ja, wieder ein älterer Herr. Sabine Heinrichs war vor Ort und hat ihn schon abholen lassen. Er ist in der Gerichtsmedizin", gab Klaus Groß noch hinzu.

In diesem Moment klingelte auch schon das Smartphone von Tom Bauer. Er konnte sofort sehen, dass es Sabine war und nahm das Gespräch an: „Sabine hey, was gibt es? Wie bitte? Oh Mann, ja ich habe schon gehört davon, ich mache mich gleich auf den Weg zu dir, ja bis gleich".

„Ach so Tom, das gleiche wie schon bei der anderen Leiche, ein Stich durch die Brust sofort ins Herz, der Mann war wohl sofort tot!", fügte Sabine noch hinzu.

„Was? Was geht denn hier ab?" Tom war sichtlich geschockt. Dann verabschiedete er sich und beendete das Gespräch.

Kurz darauf machte sich der Ermittler sofort auf den Weg zur Gerichtsmedizin um sich das Opfer anzusehen.

Wieder einmal gab es, wie schon Sabine angekündigt hatte, einen Einstich links unter dem Arm, zwischen den Rippen durch ins Herz. Tom konnte sich den Anblick nur kurz aussetzten, er wendete seinen Blick schnell ab und ging aus dem Raum in Sabines Büro: „Mensch," begann er dann, „was ist nur mit den Leuten los? Was lässt einen Menschen nur so etwas tun?"

„Ja diese Frage kann ich dir auch nicht beantworten Tom, aber das kann wohl niemand!" Sagte Sabine, die auch gerade den Raum betreten hatte.

„Aber schau, dieses Mal haben wir Papiere am Tatort gefunden. Die hatte wohl jemand, ohne weiter drüber nachzudenken, in den Wald geschmissen".

Tom nahm diese an sich. Dietrich Sommer, las er auf dem Ausweis des Toten. Und dann war da noch eine Visitenkarte; Mathematik, Geschichte, Deutsch, ich helfe gern- Dietrich Sommer, Mathematiklehrer. Und hinten drauf noch eine Telefonnummer und die Adresse des Toten.

„Aha, das kommt mir aber gerade doch etwas bekannt vor", sagte Tom und überlegte.

„Sag mal war nicht die letzte Leiche auch ein Lehrer oder so etwas?"

„Oberstudienrat, wenn ich mich recht erinnere", antwortete Sabine.

„Ja genau, siehste! Wenn das nicht ein Zufall ist?"
Tom war dann wieder in Gedanken versunken.

Dann bedankte er sich bei Sabine Heinrichs, er verließ die Gerichtsmedizin, stieg in seinen Wagen und fuhr wieder zurück ins Büro auf der Bornheimer Straße.

Dort setzte sich Tom sofort in sein Büro und sah sich die Unterlagen zum Fall aufmerksam durch: „Da, wusste ich es doch. Hier das erste Opfer war doch Oberstudienrat und nun ein Mathelehrer? Das hat doch sicher einen Grund!" Sofort fing sein Ermittlergehirn zu arbeiten an.

„Wer könnte denn Interesse daran haben sich an ehemaligen Lehrkräften zu vergreifen? Was gäbe es für Gründe? Ich sollte mal herausbekommen, wo die beiden einst unterrichtet haben!" Tom schrieb sich seine Gedanken in den Hemingway und nahm sich dann wieder den PC vor um weiter zu recherchieren.

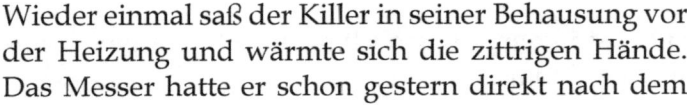

Wieder einmal saß der Killer in seiner Behausung vor der Heizung und wärmte sich die zittrigen Hände. Das Messer hatte er schon gestern direkt nach dem

Mord gereinigt und in die Holzschachtel zurückgelegt: „Mann, das hat richtig gut getan", dachte er bei sich und schaltete im gleichen Augenblick den kleinen Fernseher an, welcher auf dem alten Sideboard an der Wand stand. Gerade liefen die Nachrichten und es wurde vom Fund der Leiche zwischen Pech und Bad Godesberg berichtet. Interessiert hörte er zu. Hatte man ihn also gefunden.

„Ach, und den Ausweis auch, Okay, nicht schlecht die Bullen", dachte er, „Das wird auch alles sein was die finden werden, denn Spuren habe ich sonst keine hinterlassen. Und bei diesem Gedanken grinste er. Die Nachrichten zeigten auch ein Bild von Tom Bauer dem leitenden Ermittler im aktuellen Fall. Sven Klein schnappte sich schnell sein Handy und machte ein Foto von Tom Bauer, er prägte sich das Gesicht dessen gut ein und hatte dabei wieder ein irrsinniges Grinsen im Gesicht. Dann schaltete er das Gerät aus und legte sich auf seine alte Couch um zu schlafen. Schlimme Gedanken durchzogen sein krankes Hirn und damit schlief er auch ein.

Tom hatte soeben den Computer ausgeschaltet. Er hatte den Entschluss gefasst, sich einmal die Gegend anzusehen, wo Dietrich Sommer gewohnt hatte. Dazu musste er nach Pech fahren, oben fast am Ende des Nachtigallen Weges kam er mit seinem Wagen zum Stehen. Er schaute auf ein recht ansehnliches Häuschen, ganz in Weiß gehalten, mit einem kleinen Garten drum herum. Tom sah Licht in einem der Fenster die zur Straße zeigten. Weiter konnte er sehen, das dort Jemand an einem Tisch saß. Er ging auf die Eingangstür zu und klingelte!

Kurz darauf wurde ihm geöffnet, und vor ihm stand eine ältere Dame im Hausanzug.

„Ja bitte?", sagte diese freundlich.

„Ah, Frau Sommer?" Fragte der Ermittler vorsichtig.

„Nein Frau Sommer ist bett-legerisch, sie ist oben in ihrem Schlafraum. Ich bin Alma Becker ihre Schwester, ich pflege sie, warum fragen Sie?"

„Oh entschuldigen Sie, ich bin Tom Bauer Hauptkommissar der Polizei in Bonn." Und Tom hielt der Dame seinen Ausweis unter die Nase.

„Polizei, was, wieso? Ist denn etwas passiert?" Frau Becker war erschrocken.

Tom war etwas erstaunt: „Ja war denn noch kein Kollege hier um Ihnen etwas mitzuteilen?"

„Nein warum? Was sollte der uns mitteilen? Was ist denn los um Gottes Willen?" Alma Becker war nun doch etwas ängstlich geworden.

„Also ich bin hierhergekommen, weil diese Adresse hier auf dieser Visitenkarte steht." Tom zeigte Frau Becker die kleine Karte.

„Ach oje das ist aber eine alte Karte", sagte Alma Becker sofort: „Die muss ja mindestens zehn Jahre alt sein", redete sie weiter: „Der Dietrich ist doch schon so lange im Pflegeheim in Bad Godesberg. Ich war schon ewig nicht mehr bei ihm! Durch die Pflegestelle hier, komme ich ja nicht mehr dazu". Dann gab Frau Becker die Karte zurück an den Ermittler.

„Frau Becker, ich muss Ihnen da etwas sagen", begann Tom wieder: „Herr Sommer ist tot, er ist, so wie es gerade aussieht, ermordet worden!"

Jetzt starrte Alma Becker den Ermittler entsetzt an: „Was? Ermordet? Das kann doch nicht sein." Sie bat Tom dann doch erst mal hinein ins Haus und führte ihn ins Esszimmer, dort bot sie ihm einen Stuhl an und setzte sich selber auch hin.

„Ermordet sagten Sie? Aber wer ermordet denn einen alten Mann? Und wie soll ich das meiner Schwester sagen? Oh Gott helfe uns." Alma Becker hatte Tränen in den Augen, Tom reichte ihr sofort ein Taschentuch.

„So beruhigen sie sich erst einmal, soll ich Ihnen dabei helfen, es Ihrer Schwester mitzuteilen?" Fragte Tom sofort.

„Nein lassen Sie, das bekomme ich schon hin, das muss ich ganz vorsichtig tun, sie darf sich nicht so sehr aufregen. Das Herz wissen Sie?"

„Klar das verstehe ich Frau Becker, natürlich". Sagte Tom verständnisvoll.

Dann hielt es Tom für angebracht, sich von der Dame zu verabschieden, er gab ihr noch seine Visitenkarte, verabschiedete sich dann und machte sich auf den Weg zurück ins Büro nach Bonn. Dort angekommen klemmte er sich sofort hinter seinen PC und recherchierte weiter im Internet. Als er nicht richtig weiterkam, hatte sich Tom einen frischen Espresso an seiner Maschine zubereitet und stand damit gerade am Fenster und schaute auf den Innenhof der Wache hinaus.

Sven Klein lag immer noch in Gedanken auf seinem Bett und hatte wie jedes Mal die Nachrichten verfolgt. Er konnte nicht dagegen ankämpfen, erneut überkam ihn das Gefühl, jemanden töten zu müssen. Immer wieder hörte er diese Stimme in seinem Kopf:

„Hol Dir den Nächsten, komm schon hol dir den Nächsten! Es wird Zeit!"

Und er wusste ganz genau das er seine damit eingehenden Kopfschmerzen nur besiegen könnte, wenn er wieder jemanden töten würde. Er stand wie von einer fremden Macht gesteuert auf, zog sich seine dunklen Klamotten über und auch wieder die schwarze Mütze. Dann ging er rüber zur Schublade und griff nach dem Messer in der Schachtel. Schon war er aus der Tür und auf dem Weg in die Stadt.

Tom hatte von den Kollegen der Gerichtsmedizin erfahren, dass es keine weiteren Spuren in der Wohnung im Altersheim sichergestellt werden konnten.

Er las sich noch einmal die aktuelle Akte durch und hatte aber gar keine Idee wie er denn weiter vorgehen sollte. Er packte seine Sachen zusammen und wollte sich doch noch einmal zum Pflegeheim nach Bad Godesberg begeben. Eventuell konnte ihm ja Herr Schäfer auch das ein oder andere zur Person sagen.

Nach einer halben Stunde etwa, war er dort eingetroffen und betrat das Haus. Er schloss gerade die Tür
hinter sich, da stand auch schon Fritz Schäfer der Leiter des Heimes, an seiner Seite.

„Ah, guten Tag Herr Bauer", sagte er kurz und
reichte Tom seine Hand zum Gruß, „Na was führt Sie
zu uns?"

„Hallo, guten Tag Herr Schäfer, ich bin leider wieder
wegen eines Todesfalls bei Ihnen!"

Herr Schäfer wurde leichenblass und setzte sich auf
einen Stuhl, der im Flur stand. Er schluckte mehrmals
tief und schien dann wieder ansprechbar zu sein.

„Herr Schäfer, können Sie mir bitte die Wohnung von
Dietrich Sommer zeigen?" Fragte Tom ihn dann.

„Äh, Herr Sommer, ach Gott, ja klar einen Moment
bitte, ich hol gerade den Schlüssel, bin sofort zurück",
antwortete Schäfer recht aufgeregt und gleichzeitig
niedergeschlagen.

Es hatte nur kurz gedauert, da war Fritz Schäfer zurück und die beiden machten sich gemeinsam auf
den Weg durchs Haus, um zu Dietrich Sommers
Wohnung zu gelangen.

Schäfer schloss nur auf, er übergab dem Ermittler den
Schlüssel mit der Bitte diesen nachher wieder am
Empfang abzugeben. Tom Bauer betrat nun das erste
Zimmer.

Es war ein recht komfortabler Vorraum, darin stand
eine alte Anrichte mit großem Spiegel und dabei ein

wunderbar geschnitzter Stuhl mit buntem Polster. Oben auf der Ablage der Anrichte stand ein „Olles" dunkelgrünes Telefon mit Wählscheibe.

„Wusste gar nicht, dass es so ein Teil überhaupt noch gibt", dachte sich Tom nur.

Er ging weiter und öffnete die gegenüberliegende Tür und betrat den großen Wohnraum. Rechts direkt am Eingang befand sich der Lichtschalter den Tom sofort betätigte. Es wurde rasch strahlend hell im Raum. An der Decke hing ein großer Kronleuchter, welcher mal wieder entstaubt gehörte, schmunzelte der Ermittler.

An einer Wand hingen etliche Fotos, die in Rahmen gefasst waren, diese schaute Tom sich erst einmal ausführlich an. Dann wendete er sich ab und begab sich auch hier, wie schon beim ersten Fall, an den großen Schreibtisch, der vor einem großen Fenster stand. Er zog den ledernen Sessel etwas unter dem Tisch hervor und setzte sich hin. Dann schaltete er die Tischleuchte mit dem grünen Lampenschirm ein: „Ah so ist's besser, da bekommt man ja sofort den Überblick", dachte sich Tom.

Der erfahrene Ermittler erblickte sofort den silbernen Füllfederhalter, dass dazu gehörige Tintenfässchen und bereit gelegtes Papier auf dem Tisch. Als ob man es gerade hier zurechtgelegt hätte, um einen Brief zu schreiben. Alles war sehr ordentlich angeordnet und der Ermittler war bedacht dieses auch so zu hinterlassen.

Auch dieses Mal konnte er keine Besonderheiten feststellen und gab die Suche nach kurzer Zeit auf. Er hatte die Wohnung schon wieder verlassen und war dabei die Tür abzuschließen. Den Schlüssel übergab er am Empfang und verabschiedete sich.

„Na gut", dachte Tom, „dann mach ich mal Schluss für heute." Er setzte sich in seinen Wagen und machte sich auf den Weg nach Hause.

Sven Klein war gerade in Bad Godesberg angekommen, da kam ihm in den Sinn, dass er doch heute mit den Zimmermanns spazieren gehen wollte. Er nahm sein Handy zur Hand und wählte deren Nummer, es dauerte nicht lange da wurde auch schon das Gespräch angenommen.

„J, hallo Frau Zimmermann, ich bin´s, Sven Klein! Ja genau, ich wollte doch heute mit Ihnen beiden 'ne kurze Runde drehen. Ja, ja das ist eine gute Idee ich komme Ihnen entgegen, ja bis gleich, ich bin schon auf dem Weg." Er steckte das Telefon wieder zurück in die Manteltasche und lief Richtung Deutschherrenstraße. Nach kurzer Zeit hatte er die Zimmermanns schon von Weitem ausgemacht. Sie winkten ihm zu. Als sie sich dann begrüßt hatten ging es weiter in den kleinen Park an der Redoute, direkt hinter dem Restaurant, den kleinen Hügel hinauf. Sie hatten sich am Aussichtspunkt, von wo man auf das Siebengebirge schauen konnte, etwas auf eine Bank gesetzt, um zu verschnaufen. Im Kopf von Sven Klein brodelte in diesem Moment ein grausamer Plan, doch niemand kannte zu diesem Zeitpunkt sein anderes Ich.

Gerade war Tom Bauer zu Hause eingetroffen, da klingelte auch schon sein Smartphone. Er drückte den Knopf der Freisprechanlage: „Tom Bauer hallo!"

„Ich bin es Sabine, hey Tom, na alles gut?"

„Ach, hallo Bienchen, na was macht die Kunst? Warum rufst du an?" antwortete Tom neugierig.

„Naja ich wünschte es würde besser laufen. Ich wollte dir eigentlich nur mitteilen, dass ich keine weiteren Spuren an Dietrich Sommer finden konnte. Er hat einige Hämatome an den Beinen und den Armen, aber das sind sicherlich Folgen eines Sturzes, welcher zu einem früheren Zeitpunkt stattgefunden haben musste. Wir stehen quasi am Anfang".

„Okay, dann hoffen wir doch einfach, dass der oder die Täterin irgendwann einen Fehler macht. Ich konnte leider auch nichts weiter finden, naja wird schon, ich bin weiter dran!", gab Tom als Antwort.

Dann hatte sich Sabine Heinrichs verabschiedet. Tom nahm sein Telefon von der Ablage, stieg aus dem Wagen aus und machte sich an den Feierabend. Evelyn war soeben vor die Haustür getreten und begrüßte ihn.

Es dämmerte schon als sich Sven Klein mit den Zimmermanns weiter auf den Weg machte. Horst Zimmermann meldete soeben ein dringendes Bedürfnis an und verschwand kurz im Gebüsch um sich zu erleichtern. Diesen Moment nutzte Sven Klein kaltblütig aus, er zog schnell das lange Messer aus der Innentasche seines Mantels, als er hinter der alten Dame stand, und zog es ohne mit der Wimper zu zucken, blitzschnell durch ihre Kehle, dass warme Blut floss ihm über eine Hand, was er anscheinend genoss. Sein Opfer hatte nur kurz geröchelt und schon viel sie vornüber zu Boden. Er beachtete sie gar nicht, sondern sprang mit einem schnellen Satz ins Gebüsch auf Horst Zimmermann zu, dieser drehte sich vor Schreck um und der Killer stieß ihm mit voller Wucht die lange Klinge des Messers in die rechte Brust. Der alte Mann viel sofort leblos zu Boden und tat keinen Mucks mehr.

Dann ruckte der Killer an der Tatwaffe, diese wollte nicht gleich aus der blutenden Wunde gezogen werden. Er stellte sich mit einem Fuß auf die Brust des Opfers, benutzte nun etwas mehr Kraft und dann hatte es geklappt, er zog die Klinge aus der Wunde und ließ die Waffe einfach auf den Boden fallen.

„Krass wie das Blut spritzt, da könnte ich ewig zuschauen," dachte sich Klein und hatte einen irrsinnigen Blick aufgelegt.

Jetzt hatte er die Leiche des Mannes gepackt, immer mit den Augen die Gegend abtastend ob ihn auch niemand beobachten würde, und setzte ihn auf die Bank neben dem Gebüsch. Er stupste ihn etwas zurecht, knöpfte seine Jacke und Mantel sorgfältig wieder zu und setzte ihm seinen Hut auf. Dann ging er rüber zur Leiche der Frau, packte auch sie ganz sachte und setzte sie neben ihren Mann auf die Bank. Auch bei ihr zupfte er die Kleidung zurecht und versteckte das Blutverschmierte Kleid so gut es ging unter ihrem Pelzmantel. Auch ihr setzte er ihre Mütze wieder auf und rückte sie nun so zurecht als wenn sie gemeinsam mit ihrem Gatten in die Ferne schauen würde. Wieder streifte sein Blick durch den Park, keiner war zu sehen, er schnappte schnell sein Smartphone und schoss ein paar Fotos von den Toten und der Aussicht!

Dann ging er rüber zur Stelle im Gebüsch wo er das blutverschmierte Messer hat fallen lassen. Er nahm es in die Hand und streifte es schnell durchs Gras jetzt steckte er es zurück in die Innenseite seines Mantels.

Kurz schaute er sich noch einmal um, und es gefiel ihm sehr, was er sah. Dann drehte er sich um und machte sich schnellen Fußes raus aus dem Park.

Es hatte wohl niemand etwas mitbekommen. In seiner Bude angekommen schloss er schnell die Tür hinter sich und zog das Messer aus der Innentasche seines Mantels.

„Ach du Kacke, was ist das denn?" Fluchte er mit hochrotem Kopf, „Das kann doch nicht sein!" Er schaute auf die Klinge seines Lieblings Küchenutensils, und sofort war ihm aufgefallen das zirka 2 cm der Spitze abgebrochen war.

„Oh man was für ein Mist", fluchte er weiter und war völlig außer sich, er warf das Teil ohne es zu säubern in die Mülltonne neben der Spüle. Dann entledigte er sich seines Mantels und der Mütze, seine restlichen Klamotten packte er sofort in die Waschmaschine und stellte diese an. Zu guter Letzt stellte er sich unter die Dusche und wusch sich das restliche Blut vom Körper, was er sehr genoss!

Der Frust über die abgebrochene Klinge hatte etwas nachgelassen. Sven Klein zog sich etwas über, schaltete den Fernseher ein und legte sich dann mit einer Tüte Chips in den Händen auf seine Pritsche.

Am nächsten Morgen, Tom Bauer saß schon im Büro und las kurz im Generalanzeiger, als es an seiner Tür klopfte. Regina Sturm trat herein und begrüßte ihn: „Hey guten Morgen Tom".

„Ah Morgen Regina, was gibt's?", fragte Tom sofort.

„Du ich habe alle zusammengetrommelt, die auch beim letzten Fall schon zusammengearbeitet haben, wir müssten sie nur noch mit Details versorgen und dann könnten wir gemeinsam daran arbeiten, dass wir in der Mordserie weiterkommen. Was hältst Du davon?"

„Ja super Idee, ich bin sofort bei Euch. Ich sammle schnell noch ein paar Sachen zusammen, die ich aufgeschrieben habe, ok?"

„Klasse dann bis gleich Tom". Regina war schon wieder durch die Tür und Tom suchte seinen Kram zusammen und machte sich jetzt auch auf den Weg in den kleinen Konferenzraum am Ende des Ganges.

Er betrat den Raum und begrüßte erst einmal alle Kollegen und Kolleginnen.

Anwesend waren:

Cornelia Schwarz, Hauptkommissarin

Lutz Groß, Kommissar und Profiler

Regina Sturm, Hauptkommissarin

Robert Schmidt, Hauptkommissar und Spurenspezialist

Und Peter Schuh, Profiler und Fallanalytiker.

Dann setzten sich alle gemeinsam an den großen runden Tisch und lauschten den Worten die Tom Bauer zu sagen hatte.

„Und bitte Kollegen, alles was wir hier besprechen muss in diesem Raum bleiben, ich weiß Ihr wisst das und ich wiederhole mich immer wieder mit diesen Worten, aber es war leider in der Vergangenheit schon einmal anders gelaufen", sagte Tom.

In diesem Moment klopfte es an der Tür und gleichzeitig wurde diese geöffnet. Ein Kollege der Wache trat herein, ging zu Tom an den Tisch und teilte ihm etwas mit, was die anderen aber nicht verstehen konnten.

Toms Gesichtsfarbe wechselte gerade von blass zu Rot: „Kollegen, es gibt leider erneut schlechte Neuigkeiten, die sicher mit dem aktuellen Fall in Verbindung zu bringen sind".

Alle waren nun sehr gespannt und hörten Tom Bauer konzentriert zu.

„Gerade vor ein paar Minuten hat eine Spaziergängerin in Godesberg im Park bei der Redute, einen grausamen Fund machen müssen! Zuerst hatte sie angenommen, dass da ein Paar auf der Bank sitzen würde, doch als sie näher herangegangen war, sah sie, dass wohl Blut auf den Boden unter der Bank zu tropfen schien".

Tom Bauer hielt kurz inne. Dann sprach er ruhig weiter: „Sie wird gerade von einer Psychologin betreut! Und ist sicher in den nächsten Stunden erst wieder ansprechbar".

„Ich werde gleich mit Regina sofort zur Gerichtsmedizin fahren um heraus zu bekommen, was passiert ist. Danach rufen wir Euch noch einmal zusammen und werden weiteres besprechen, ok?"

Alle Kollegen waren einverstanden und Tom machte sich mit Regina auf den Weg.

Der Ermittler wollte sich gerade noch in seinem Büro die Jacke überstreifen und gleichzeitig hatte er die Telefonnummer von Sabine Heinrichs gewählt, um kurz zu erfahren ob sie schon zurück sei.

„Hallo guten Morgen Sabine, sag mal bist du schon zurück in Bonn? Ja, ach gut, ok dann bin ich gleich mit Regina vor Ort, ja ok bis gleich."

Tom beendete das Gespräch und machte sich mit seiner Kollegin runter in die Tiefgarage zu seinem Wagen. Kurz darauf waren sie auch schon durch Bonn gedüst und parkten gerade vor dem Tor der Gerichtsmedizin am Stiftsplatz.

Regina war schon ausgestiegen und hatte die Klingel am Tor gedrückt. Es rasselte und Regina drückte die Tür auf. Dann betraten die beiden das Gebäude und wurden oben von Sabine Heinrichs begrüßt.

Gemeinsam betraten sie den großen weißgekachelten Raum, um sich die Leichen näher anzusehen.

„Ach so, bevor ich es vergesse," begann Sabine: „Hier schaut mal, das sind die Ausweise der Beiden, es ist ein Ehepaar. Klara und Horst Zimmermann. Die Handtasche der Frau lag nur ein paar Meter vom Tatort im Gebüsch und die Brieftasche des Mannes steckte in der Innentasche seiner Jacke".

Dann hob die Gerichtsmedizinerin das erste Tuch an. Darunter kam das Gesicht einer alten Dame zum Vorschein.

„Als wir sie aufgefunden haben", begann Sabine, „Waren ihre Augen und der Mund weit aufgerissen, kein schöner Anblick sag ich Euch".

Am Hals konnte man sofort den langen Schnitt quer durch die Kehle entdecken. Sabine hatte diesen zugenäht.

„Noch etwas mehr Druck und der Schädel wäre abgetrennt gewesen", merkte Sabine dazu an, „Muss ein sehr scharfes Messer gewesen sein und der Täter hat wohl richtig Kraft".

Tom und Regina sagten kein Wort, Beiden war etwas schlecht geworden.

„Bis auf ein paar Hämatomen an den Armen und Beinen, welche wohl schon etwas älter sind, konnte ich nichts weiteres Ungewöhnliches an der Leiche finden".

Sabine Heinrichs deckte die Tote wieder zu und sie gingen rüber zum anderen Tisch.

„Hier haben wir den Ehemann der Toten", sagte die Gerichtsmedizinerin und deckte diesen auf.

Die Leiche war immer noch blutverschmiert und die beiden Ermittler waren etwas entsetzt bei dem Anblick.

„Ja sorry ich bin leider noch nicht dazu gekommen ihn zu reinigen, ich werde das sofort tun." Tom hatte schon den Einstich unter der rechten Brust entdeckt und wies Regina darauf hin. In diesem Augenblick kam auch schon Sabine Heinrichs mit dem Schlauch angelaufen. Sie nahm das Tuch komplett von der Leiche und fing an diese zu waschen.

„Tretet bitte gerade etwas zur Seite, nicht, dass ich Euch noch besudle", Sabine grinste kurz bei diesen Worten.

Tom schlug vor, dass Sabine sie anrufen solle, wenn sie mit der Obduktion fertig wäre, sonst würde das Ganze sicher zu viel Zeit in Anspruch nehmen. Sabine willigte ein und so waren der Ermittler und seine Kollegin schon wieder unterwegs aufs Revier zur Bornheimer Straße.

Sven Klein lag noch immer auf seiner Pritsche und starrte an die Decke. Keine Regung war zu sehen, doch dann sprang er plötzlich wie von der Tarantel gestochen auf und lief wie von Sinnen im Raum auf und ab.

„Ich muss ein neues Messer haben, ich muss ein neues Messer haben", schrie es in seinem Kopf immer und immer wieder. Er wühlte sich wie wild mit den Händen durch den Schopf und sein Gesicht war dunkelrot angelaufen, er schien kurz vor dem zerbersten zu sein.

„Messer, Messer, Messer," ging ihm wieder durch den Sinn. Dann zog er sich, ohne das Bad zu benutzen, die Klamotten über, schnappte sein Portmonee und machte sich auf den Weg nach Bad Godesberg.

Nach stundenlanger Suche kehrte er zurück in seine Behausung. Er war voller Wut, und total verschwitzt von der Lauferei. Er zitterte gleichzeitig am ganzen Körper, er hatte kein neues Messer finden können.

„So ein verdammter Scheiß", fluchte er, „Man was mache ich denn jetzt?"

In seinem Appartement riss er sich den Mantel und die Mütze vom Leib, schmiss seine Stiefel in eine Ecke des Raumes und ging dann kurz ins Bad um sich frisch zu machen, naja er nahm eine Hand voll Wasser und warf sich dieses ins Gesicht, das war es auch schon. Jetzt betrat er seinen Wohnraum und suchte nach seinem alten Laptop. Er fand ihn unter dem Fernseher im Schrank. Schnell noch Strom dran und an war das Teil.

Sven Klein suchte die Seiten von Amazon durch um ein Messer zu finden. Dann las er: „Senzo Gyuto Hocho, ja das ist genau was ich suchte und sogar mit Prime, dann habe ich es ja schon Morgen! Ich werde es sofort bestellen, muss nur noch gerade nachsehen ob Mutter mir das Geld schon überwiesen hat". Er wechselte die Seite im Internet auf seinen Commerz-bank-Account. Dort hatte er sich schnell eingeloggt und musste dann aber feststellen das noch kein Geld auf seinem Konto war. Klar er konnte überziehen, aber das hatte er noch nie getan, schon aus Prinzip wollte er das nicht!

„Aaaaah!", schrie er.

Wieder überkam ihn maßlose Wut, er schnappte sich sein Smartphone und wählte die Nummer seiner Mutter. Es klingelte eine Weile, dann wurde das Gespräch angenommen: „Agathe Klein, hallo!"

„Mutter. Hallo, ich bin es, Sven!"

„Hallo Junge, wie geht es dir?" Antwortete diese erfreut.

„Ja, ja ganz gut. Du, Mutter, kann es sein, dass du mein Geld noch nicht angewiesen hast?" fragte er gleich und mit einem bestimmenden Ton.

„Oh, ich glaube, ich habe es vergessen, werde es gleich morgen früh tun, entschuldige bitte", kam es sofort zurück.

„Mutter, wieso stellst du nicht einen Dauerauftrag ein, dann hättest du das Problem nicht", antwortete Klein dann doch ganz gesittet.

„Ja du hast wohl Recht, werde ich dann auch erledigen. Wie läuft es an der Uni?" Fragte sie weiter nach.

„Es geht, war gerade ein paar Tage krank, hatte etwas Husten und Fieber, werde am Montag wieder hingehen!", log er sie an und im gleichen Atemzug: „Du, Mutter, ich muss los, habe noch dringendes zu erledigen, bis bald mach's gut". Schon hatte er das Gespräch beendet, ohne dass sie noch eine Antwort geben konnte, aber so war er, Hauptsache das Geld war Monat für Monat pünktlich auf seinem Konto.

Schnell wechselte er wieder auf die Seite von Amazon und bestellte das Messer: „Überzieh ich eben das Konto etwas, Geld ist ja morgen da", dachte er sich und schaltete den Computer dann halbwegs zufrieden aus.

Das Telefon klingelte und Tom Bauer konnte schon im Display sehen, dass es Sabine von der Gerichtsmedizin war: „Hey Sabine, was gibt es?", fragte er.

„Du ich habe doch gerade die männliche Leiche, also diesen älteren Mann von gestern untersucht. Rate mal, was ich da gefunden habe?"

„Gefunden? Keine Ahnung, Hautpartikel unter den Fingernägeln, vielleicht?"

„Nein, ganz kalt, ich habe die abgebrochene Spitze eines Messers gefunden! Diese steckte hinter dem Herz in der Wirbelsäule des Opfers. Der Täter muss ihm das Messer bis zu Anschlag in die Brust gerammt haben, darum auch das große Hämatom rund um den Einstich! Sieht übrigens nach einem Fußabdruck aus".

„Die Spitze des Messers, wow, damit habe ich nun nicht gerechnet", antwortete Tom erstaunt, „Ein Fußabdruck auf der Brust? Okay! Kannst du etwas zu dieser Messerspitze sagen?", fragte er dann weiter.

„Naja wenn mich nicht alles täuscht, denn ich habe die gefundene Spitze mit sämtlichen anderen verglichen, gehört diese zu einem japanischen Fisch- oder Küchenmesser. Es gibt da so zwei drei, bei denen muss man so gut wie nie die Klinge nachschärfen, diese werden oft von Köchen benutzt, die es mit viel Fleisch zu tun haben! Ich werde versuchen über die Form der Spitze herauszubekommen zu welchem Messer diese genau gehört, dauert aber sicher etwas!"

„Aha, interessant, müssen wir uns evtl. nach einem Koch umschauen? Oder einem der mal einer war? Klar such ruhig und gib mir Bescheid, wenn du etwas gefunden hast!", antwortete Tom.

„Klar mach ich! Und ja kann sein, dass es sich um einen Koch handelt", sagte Sabine Heinrichs weiter, „ist aber auch sehr vage, oder meinst du nicht? Das

Messer kann sich doch jeder gekauft haben! Es gibt doch diverse Portale die solche Dinge anbieten".

„Ja das stimmt, aber nur wenige der Käufer haben das Wissen, wo man zustechen muss um genau ins Herz zu treffen!", legte Tom nach.

„Da muss ich dir Recht geben, da gehört schon was dazu. Ok, Tom, ich muss weitermachen, ich lasse dir den Bericht umgehend zukommen, wir telefonieren, bis dann".

Tom legte den Hörer auf und grübelte noch eine Weile weiter, doch kam er zu keinem plausiblen Ergebnis. Dann stand er auf und zückte eine Espresso Kapsel aus der Schublade unter seiner Kaffeemaschine. Er legte diese in das dafür vorgesehene Fach und drückte den Startknopf. Herrlicher Kaffeegeruch machte sich in seinem Büro breit, er nahm die kleine Tasse von der Station und setzte sich damit wieder an den Schreibtisch. Jetzt schaute Tom Bauer kurz auf die Uhr: „Oje, schon wieder 19:00 Uhr, ich muss unbedingt nach Hause, sonst bekomme ich morgen nichts auf die Reihe". Tom trank schnell den Espresso aus, schaltete den PC ab und zog seine Jacke über um schnell nach Hause zu kommen. Er schaltete das Licht aus und schloss die Tür seines Büros. Vorne hatte er sich noch von der Bereitschaft verabschiedet und schon war er aus der Tür und in seinem Wagen verschwunden.

Zu Hause angekommen, begrüßte er seine Evelyn und machte sich noch kurz hoch ins Zimmer seiner

Tochter. Er ging leise an ihr Bett drückte der Kleinen noch einen Kuss auf die Stirn, sie schlief schon fest und hatte von dem Ganzen nichts mitbekommen. Da trat er leise wieder aus dem Raum und zog die Tür zu, nicht ganz, sondern einen Spalt breit ließ er sie aufstehen, so taten sie es immer. Er setzte sich zu seiner Frau an den Tisch in der Küche und sie genossen gemeinsam das Abendbrot. Evelyn hatte sich Saft und Tom ein Fläschchen Weißbier besorgt und dazu gab es Obazda, Salami, Schinken, knackige Tomatenstückchen und ein gutes krustiges, frisches Graubrot.

Für den Abschluss hatte Evelyn noch die Flasche mit Obstler und zwei Gläser bereitgestellt.

„Einer ist gesund", sagte sie und prostete Tom zu.

Sie tranken das kleine Gläschen in einem Schluck aus.

„Oh Schatz das war eine gute Idee, so herzhaft, danke, dass du so für mich sorgst", bedankte sich Tom und drückte seine Frau fest an sich. Später hatte Evelyn Tom noch gezeigt was Lulu im Kindergarten gebastelt hatte und dann setzten sich die zwei noch gemütlich ins Wohnzimmer um etwas fern zu sehen. Es hatte nicht lange gedauert, da war Tom auch schon auf der Couch eingeschlafen. Evelyn hatte ihn erst etwas schlafen lassen, doch dann weckte sie ihn auf und sie gingen zusammen ins Bett.

Es waren zwei Tage vergangen. Sven Klein lief aufgeregt und nervös in seinem kleinen Wohnraum auf und ab, plötzlich klingelte es an der Tür. Er zog sich schnell das Paar Hausschuhe drüber welches im kleinen Flur vor der Tür stand. Dann öffnete er die Wohnungstür und sprintete die Treppenstufen hinunter ins Erdgeschoss um die Haustür zu öffnen. Da stand der Briefträger und grinste ihn freundlich an: „Hallo Herr Klein, ich habe hier ein Päckchen für Sie", sagte er, „Und so wie Sie außer Atem sind, haben sie wohl schon drauf gewartet was?" Der Briefträger grinste Sven Klein an und streckte dabei die Arme aus, um das Päckchen zu überreichen: „Sie müssen aber hier auf meinem Gerät noch kurz unterschreiben", fügte er noch freundlich hinzu.

„Klar kein Problem, geben Sie her!" Sven Klein stand die Freude ins Gesicht geschrieben. Er verabschiedete sich schnell und war schon wieder im Haus verschwunden. In seiner kleinen Bude angekommen riss er schnell die Verpackung auf und zog die Holzschachtel mit dem Inhalt rasch aus dem Karton hervor. Dann öffnete er ganz langsam die Schachtel und war dabei schon ganz aufgeregt, wie denn die Klinge aussehen würde! Und dann strahlte sie ihm entgegen, wunderbar poliert und das Bild im Stahl war so einzigartig wie bei allen diesen Meisterwerken: „Wow, genauso hatte ich es auch wieder erwartet, Wahnsinn was für eine tolle Klinge, sie ist wunderschön". Er nahm das Messer kurz aus der Box und fuchtelte damit herum, dann hielt er es noch kurz ins

Licht des Fensters in seiner kleinen Küche. Seine Augen funkelten, es hatte schon etwas Teuflisches! Dann legte er seinen „Schatz" zurück, schloss die Box und lagerte diese wie immer in der Schublade beim restlichen Besteck. Er jedoch, legte sich auf seine Pritsche und versuchte noch einmal etwas zur Ruhe zu kommen.

Es war 10 Uhr am Samstagmorgen und Tom Bauer saß mit seiner Evelyn und Tochter Lulu beim Frühstück. Tom hatte frische Brötchen und Croissants beim Obst Hof Schneider oben in Berkum gekauft.

Er hatte heute frei und sie wollten rüber in die Eifel zum Rursee fahren um dort eine kleine Wanderung rund um den See zu machen, sie hatten schon den kleinen Rucksack vorbereitet und gepackt. Evelyn hatte die Canon-Kamera herausgesucht und die Akkus geladen, damit sie eventuell ein paar schöne Fotos machen könnten.

Kaum waren sie mit dem Essen fertig, da machten sie sich auch schon auf den Weg. Die kleine Lulu saß vergnügt auf ihrem Kindersitz im hinteren Teil des Wagens und spielte mit ihrem Gamepad, Mario-Cart war ihr Favorit.

Gerade fuhren sie an Zülpich vorbei. Es schneite etwas, doch die Straßen waren frei. Eine halbe Stunde später etwa waren sie auf dem Parkplatz in Heimbach angekommen und stiegen aus dem Wagen, es schneite immer noch. Alle drei waren schnell fertig angezogen. Tom hatte sich noch den Rucksack geschnappt und schon ging es los. Sie gingen schnurstracks auf den See zu. Zuerst links am Restaurant Sonneck vorbei, und schon bald schauten sie auf die schmale Rur, der Bach, welcher vom Ende des Sees durch Heimbach führte. Nach kurzer Zeit waren sie auch schon bei der Stauanlage Heimbach angelangt. Weiter ging es am Kurpark vorbei und am See entlang. Es hatte wohl so eine Stunde gedauert, als sie auf der Kleestraße den See überquerten, auf der anderen Seite fotografierte Evelyn noch das Wasserkraftwerk und dann ging es weiter bis zum Restaurant Seeblick. Dort kehrten sie ein um Mittag zu essen. Erst einmal hatten alle drei das stille Örtchen besucht, bevor sie gemeinsam am Tisch im Restaurant saßen und aßen. Dann ging es weiter am See entlang bis nach Heimbach in den Park und Lulu durfte sich trotz Schnee kurz auf dem Spielplatz austoben. Tom hatte den Rucksack abgelegt und sich mit Evelyn einen heißen Tee aus der Thermoskanne in zwei mitgebrachte Becher geschüttet. Der Tee erwärmte sie schnell auch von innen und gleichzeitig schauten sie Lulu beim Spielen zu. Als sie ihren Tee getrunken hatten, machten sie sich zusammen mit Lulu auf den Weg zum Parkplatz und zu ihrem Wagen. Kaum hatte die Kleine auf ihrem Sitz Platz genommen, fielen ihr auch schon die Augen zu. Tom und Evelyn schauten sie zufrieden an und schon ging es zurück nach Hause. Lulu hatte gar nicht mitbekommen, als Tom sie zu Hause ins Bett gelegt hatte, sie schlief tief und fest. Es war gerade 17 Uhr, die Bauers hatten sich auf die Couch ins Wohnzimmer gesetzt und das Fernsehen eingeschaltet, da klingelte Toms Smartphone. Der Ermittler war etwas erschrocken, da er auch kurz auf dem Sofa eingenickt war.

Er sprang auf, schnappte sein Telefon, ging damit in den Flur und nahm das Gespräch an:

„Tom Bauer, hallo," sagte er.

„Bauer, gut, dass ich Sie erreiche," kam es aus der Leitung, wohl mit verstellter Stimme:" Sie glauben doch wohl nicht, dass sie mich so schnell bekommen werden, oder?" ging es weiter.

„Wer, wer ist da?"

„Das tut nichts zur Sache! Es wird weitergehen, Herr Bauer, es wird weitergehen und Sie können mich nicht aufhalten! Niemand kann mich aufhalten!" Dann wurde aufgelegt.

Tom war hellwach und etwas durcheinander. Er legte sein Smartphone auf den kleinen Schrank im Flur und ging dann wieder ins Wohnzimmer um sich zu Evelyn auf das Sofa zu setzen.

„Schatz, was ist los? Du siehst so erschrocken aus!"
sagte Evelyn als sie ihn ansah.

Tom setzte sich und sagte erst kein Wort, er sah aus
als würde er überlegen! Doch eigentlich war er gerade doch nur sprachlos.

„Tom, was ist los? Sag schon, ist etwas passiert?"
quengelte Evelyn weiter.

„Ich, ich bekam gerade einen Anruf. Ich denke es war
der Täter. Er sagte ich, wir könnten ihn nicht aufhalten, er würde immer weitermachen!"

Evelyn war geschockt: "Wo zum Teufel hat der nur
deine Nummer her, Tom? Wer hat ihm deine Nummer gegeben um Gottes Willen?"

„Ja, das würde ich auch zu

 gerne wissen?" Tom versuchte sich zu sammeln und
schüttete sich einen Schluck Whisky in ein Glas. Er
setzte sich dann wieder zu seiner Frau und nippte
ganz gemächlich am Glas.

Kurz darauf sprang er auf, ging in den Flur, nahm
das Festnetztelefon zur Hand und wählte die Nummer der Polizeiwache auf der Bornheimer Straße.

„Polizei Bonn, hallo!"

„Ja, hallo, ich bin es, Tom Bauer."

„Ach Tom hey, hier ist Niels Ploch, wie geht es Dir?"

„Ganz gut, danke der Nachfrage! Hör mal Niels hat heute jemand während Deiner Dienstzeit nach meiner Telefonnummer gefragt?"

„Also mich hat niemand danach gefragt, wieso?"

„Ich habe gerade so einen Anruf bekommen! Ist Regina Sturm im Haus?"

„Ich glaube ja, warte kurz, okay?"

„Ja mach ich, danke!"

Es dauerte einen Augenblick, dann meldete sich Regina Sturm.

„ Hey Tom, was ist los?"

"Hallo Regina, ich hatte da gerade so einen Anruf! Ich möchte eigentlich nur wissen, welcher Blödmann meine Nummer herausgegeben hat, das kann doch echt nicht wahr sein!" Tom wurde lauter.

„Das werde ich gleich herausbekommen, verlass dich drauf, ich regle das. Bis Montag, Tom." Und schon hatte Regina Sturm aufgelegt.

Tom war sauer, er atmete ein paar Mal tief durch und setzte sich dann wieder zu Evelyn auf die Couch.

„Unbegreiflich, geben die einfach meine Nummer raus, das kann doch echt nicht wahr sein."

Er nahm noch einen Schluck an seinem Whisky und beruhigte sich dann.

Kurz darauf stand auch schon Lulu in der Wohnzimmertür und schaute ihre Eltern mit verschlafenen Augen an:" Können wir gleich Hähnchen essen?" fragte sie und gähnte tief.

„Och das ist aber eine gute Idee mein Spatz," sagte Tom und war schon wieder von der Couch aufgesprungen, er nahm die Kleine auf den Arm und übergab sie seiner Frau, dann ergriff er im Flur sein Portmonee und war aus der Haustür verschwunden. Ein paar Momente später stand er wieder im Flur und hielt ein großes Hähnchen in den Händen. Er hatte es beim Nachbarn im Bauernladen auf dem Weißen Weg gekauft, ganz frisch war es.

Nun stand Tom vergnügt in der Küche und bereitete das gute Stück für den Backofen vor. Diesen hatte er schon auf 160 Grad gestellt. Kaum hatte er den Braten in den Ofen geschoben, saß er auch schon wieder bei seinen beiden „Damen" auf dem Sofa.

Sven Klein wurde langsam wieder nervös und war ganz verschwitzt aufgewacht. Es war zehn Uhr am Sonntag als er sich unter die Dusche stellte. Nachdem er dieses hinter sich gebracht hatte trank er hastig einen löslichen Kaffee: 'Bah, was für ein Dreckszeug,' dachte er sich und schlang die heiße Brühe dennoch runter. Dann, wie von einer fremden Macht gesteuert, zog er sich an und griff in die Schublade in seiner Küche. Er legte sich die Box mit dem Messer auf dem kleinen Tisch neben seiner Pritsche bereit. Als er den Mantel, seine Stiefel und die Mütze übergezogen hatte, nahm er noch das Messer aus der Box, steckte es wie immer in die Innentasche des Mantels und machte sich dann auf den Weg. Er wollte mit dem Bus hoch nach Berkum fahren, um sich ein neues Opfer zu suchen. Im Bus hatte sich eine ältere Dame ihm gegenüber auf die Bank gesetzt. Er lächelte sie nett an und sie tat es ihm gleich: "Na, wohin geht es denn, junger Mann?" hatte sie ihn gefragt.

„Ach, nur etwas raus und spazieren gehen," hatte er geantwortet.

„Ja, so ist es richtig," sagte sie: "das macht man viel zu selten, gell?" Dann war sie „leider" auch schon aufgestanden und ausgestiegen. Sven Klein konnte gar nicht so schnell reagieren und war nun sehr verärgert über seine Dummheit. Es kochte förmlich in ihm: "das wäre doch die Chance gewesen," dachte er noch. Der Bus fuhr weiter und er saß bis auf zwei Jugendliche auf der hinteren Bank, ganz allein im Gefährt.

Tom Bauer saß gerade am Tisch in der Küche und genoss den morgendlichen Kaffee. Er las gerade in seinem General Anzeiger, da meldete sich sein Smartphone:

„Na Bauer," kam es von der anderen Seite: "überlegst Du schon, wie du mich bekommen kannst? Na das ist ja schade, denn Du wirst mich nicht bekommen, hahaha hahaha." Und dann war das Gespräch auch schon vorbei.

Tom kochte wieder vor Wut und war außer sich. Wieder wählte er die Nummer der Bornheimer Wache.

„Polizei Bonn, guten Morgen!"

„Hier ist Tom Bauer, bitte geben Sie mir Regina Sturm!"

„Niels Ploch hier, ja Tom mache ich sofort einen Moment bitte."

„Regina Sturm, hallo."

„Regina, hast Du herausbekommen wer meine Nummer rausgegeben hat?"

„Ach hallo Tom, ja habe ich, es war ein Kollege der Bereitschaft, Klaus Stein, noch ganz neu im Haus."

„Super! Und warum hat ihn keiner richtig eingearbeitet? Kann doch nicht sein, so etwas! Das darf einfach nicht passieren! Bitte sorge dafür, dass ich eine neue Karte bekomme, ok?"

„Ja, Tom mach ich sofort, bekommst du gleich morgen im Büro. Beruhige dich. Kommt nicht wieder vor, sorry auch im Namen des Kollegen Stein!"

Tom verabschiedete sich dann und versuchte sich wieder auf seine Zeitung zu konzentrieren.

Montagmorgen, Tom Bauer war unterwegs zum Büro, es hatte etwas geschneit und die Straßen waren noch nicht geräumt worden. Tom fuhr mit mäßiger Geschwindigkeit gerade auf der L158 an Pech vorbei, da meldete sich sein Smartphone über die Freisprechanlage. Er nahm das Gespräch an, es war Regina Sturm: "Hey, guten Morgen Tom, ich bin´s Regina, sag mal, wann wirst du im Büro sein?"

„Moin Regina, das wird wohl heute wegen des Schnees etwas länger dauern. Bin schon eine Weile unterwegs, aber du kennst ja die Leute, die stehen ja bei einem solchen Wetter nur noch auf den Bremsen! Ich denke, so ein Stündchen brauche ich noch, wenn das hier so weitergeht. Was ist denn? Gibt es etwas Dringendes?"

„Ne dringend nicht, aber hier hat gerade jemand angerufen, er sprach eigentlich nur wirres Zeug und wohl mit verzerrter Stimme."

„Na, das kommt mir doch bekannt vor! Naja, ich bin ja Gleich da, vor allem solltet Ihr vorsichtshalber schon mal die Ortung eingeschaltet lassen, eventuell können wir ja seinen Standort herausbekommen."

„Ja da hatten wir auch sofort dran gedacht, doch war das Gespräch leider zu kurz um es Orten zu können! Okay bis gleich Tom, fahr vorsichtig!"

Das Gespräch wurde beendet. Tom fuhr gemach weiter und war mittlerweile in Bad Godesberg angekommen. Gerade fuhr er in eine Rechtskurve, da blieb ihm vor Schreck fast der Atem stehen. Ihm kam ein Fahrzeug seitlich entgegen geschleudert und krachte ihm mit voller Wucht auf die Front seines Wagens. Tom wurde nach vorne geschleudert und zum Glück löste der Aufschlag des anderen PKWs den Airbag aus, so dass Tom halbwegs weich abgebremst wurde.

Als der Ermittler jedoch wieder zu sich kam, lag er in einem Krankenbett. Er hatte einen Schlauch in der Nase und einen Zugang am rechten Arm. Neben seinem Bett stand ein Apparat, der wohl seine Herzströme anzeigte. Tom schaltete das Gerät einfach aus, es nervte ihn. Sofort ging die Tür auf und ein Pfleger kam in den Raum gelaufen.

Als dieser sah, dass Tom wach war, bremste er seinen Spurt etwas ab und kam langsamen Schrittes zu ihm ans Bett: "Na Herr Bauer, wieder da? Was macht der Kopf?"

„Ah, es geht so, wo bin ich?" fragte Tom.

„Sie sind im Wald Krankenhaus! Sie hatten einen Unfall mit Ihrem Wagen."

„Wie lange war ich weg?" wollte Tom wissen.

„So fünf bis sechs Stunden etwa, Herr Bauer."

„Ach du lieber Gott, ich muss unbedingt ins Büro!"

„Sie müssen gar nichts, Herr Bauer, Sie müssen erst einmal wieder gesundwerden. Sie haben ein massives Schleudertrauma erlitten. Und dazu kommen ein gebrochener Arm, ein gestauchtes Bein und eine Rippenprellung. Sie müssen unbedingt noch einige Zeit ruhig liegen bleiben, sonst könnte es Komplikationen geben, Herr Bauer.", antwortete der Pfleger gelassen aber bestimmend.

Toms Kopf sackte zurück ins Kissen: "Was für ein Scheiß," kam nur über seine Lippen und er schloss noch einmal seine Augen. Er war eingeschlafen und der Pfleger schaltete den Apparat wieder ein, machte aber den Ton etwas leiser und verließ das Zimmer auf leisen Sohlen.

Als der Ermittler wieder wach wurde, saß Evelyn an einer Seite auf dem Bett und Lulu lag auf der anderen neben ihm. Evelyn hatte ihm die ganze Zeit übers Gesicht gestreichelt: "Na mein Schatz, wie geht es Dir? Du machst ja Sachen!"

„Ich, ich habe doch nichts getan, soweit ich mich erinnern kann, ist mir doch ein Wagen entgegengekommen und dann, ja dann ging das Licht aus, mehr weiß ich nicht."

„Alles wird gut Schatz, die pflegen dich hier schnell gesund, ganz sicher. Ich habe schon mit dem Arzt gesprochen, ist nichts Kompliziertes. Bist ganz schnell wieder hier raus."

Tom schüttelte nur den Kopf: "Ja klar kein Ding, aber wie geht es im Fall weiter? Jetzt wo es gerade anfängt interessant zu werden?"

„Tom, der Fall kann warten, da sollen sich Deine Kollegen drum kümmern, du musst erst wieder fit werden, das steht doch außer Frage!"

„Ja du hast ja Recht, aber…"

„Nichts aber, Tom, Du hängst dich immer voll überall rein, jetzt hast auch du mal eine Pause verdient!" antwortete Evelyn mit einem bestimmenden Tonfall. Und dabei sah sie ihm ernst in die Augen.

Lulu die neben Tom im Bett eingeschlafen war, wachte soeben auf: "Hallo Papa, wann kommst du nach Hause?" Sie hatte sich ganz dicht an ihn heran gedrückt und umarmte ihn soweit sie das konnte.

„Ja, das wird wohl noch ein paar Tage dauern, meine Süße. Aber du wirst sehen, diese Zeit wird ganz schnell rum sein, dass verspreche ich dir."

Dann gab er seiner Tochter einen dicken Kuss auf die Stirn und drückte sie mit einem Arm an sich.

„Du, wir müssen auch schon wieder," sagte Evelyn: "Claudia bringt die Kleine heute zu Bett, ich muss doch zu dieser Veranstaltung in die Uni. Ich muss noch ein paar Dinge vorbereiten."

„Ach ja, klar kein Ding mein Schatz, macht das Ihr loskommt. Fahrt langsam Ihr drei, reicht, dass einer von uns im Krankenhaus liegt, ok?" Dabei streichelte er Evelyn leicht über ihren Babybauch.

Tom gab beiden noch einen Abschiedskuss und schon war er wieder allein in seinem Zimmer. Evelyn hatte ihm ein Laptop mitgebracht. Er drückte soeben an der Fernbedienung fürs Bett herum, um sein Kopfteil etwas höher zu bekommen. Dann nahm er den Laptop und klappte diesen auf. Er wollte in den Nachrichten lesen, um auf den neusten Stand zu kommen, war er doch ein paar Stunden nicht „bei sich" gewesen.

Sven Klein saß in seiner Wohnung und grübelte darüber nach, warum es in den letzten Tagen nicht funktioniert hat ein neues Opfer zu finden? Er hatte auch mehrmals bei der Polizei und dem Ermittler angerufen, um diese an der Nase herum zu führen. Doch richtig gebracht hatte ihm das nichts. Er saß auf seiner Pritsche und fummelte mit einer Rasierklinge herum. Dann zog er sich am rechten Arm den Pullover etwas hoch und fing an mit der Klinge kurze gerade Schnitte quer über den Unterarm zu ritzen. Nach mehreren Schnitten legte er das Messer zur Seite und betrachtete seine blutenden Wunden, es war interessant wie das Blut sich seinen Weg über den Unterarm bahnte und dann auf das Papiertuch tropfte, dieses hatte er auf dem Fußboden bereitgelegt.

Nach kurzer Zeit hatte es dann aufgehört zu bluten und Sven Klein stand auf, ging zum Kühlschrank in der kleinen Küche und nahm die große Flasche mit Orangensaft heraus um einen Schluck zu trinken. Dann ging er zurück in den anderen Raum, schaltete den Fernseher ein und legte sich auf sein Bett. Er hatte eine Tüte Chips von der Ablage in der Küche gegriffen und öffnete diese gerade als im Fernseher die Nachrichten begonnen hatten. Aufmerksam hörte und sah er zu. Als die Sendung vorbei war, schaltete er auf einen anderen Sender um. Er fand wieder einen, wo gerade die Nachrichten liefen. Als auch diese Sendung vorbei war, schaltete er vor Wut den Fernseher ab und warf die Fernbedienung zu Boden.

„Warum zeigen die nichts von mir? Bin ich denn so uninteressant? Es muss doch irgendwo etwas von mir gezeigt werden?" Er war voller Wut. Erst nahm er die bereitgelegte Mullbinde um sich damit den geritzten Arm zu verbinden. Dann stand er auf, zog sich an und nahm wieder einmal das Messer aus der Schublade in der Küche und schon war er auf dem Weg in die Stadt. Als er dabei Richtung Rigallschen Wiese war kam ihm der Gedanke, sich doch wieder in den Bus zu setzen und hoch nach Berkum zu fahren. Was er dann auch tat.

Es war gerade 2 Tage her, dass Tom Bauer aus dem Krankenhaus entlassen worden war. Er lag zu Hause auf dem Sofa und las in einem Buch. Evelyn hatte ihm einen Kaffee dazu gemacht und hatte gerade das Haus verlassen um in die Uni nach Bonn zu fahren.

„Was ist das?" dachte Tom laut, und nahm sich jetzt den General Anzeiger zur Hand, der lag auf dem Tisch bereit und Tom hatte eigentlich nur kurz rüber gezwinkert um seine Augen etwas zu entlasten. Dabei fiel sein Blick auf eine der Schlagzeilen der Zeitung. Er legte sofort sein Buch beiseite und nahm sich den General vor.

Frau flüchtete aus der Buslinie 856...

Eine ältere Frau ist am Samstagmorgen in der Linie 856, auf dem Weg zum Wachtbergcenter, aus dem Bus geflüchtet. Ihren Angaben nach, wurde sie von einer jungen männlichen Person angesprochen. Diese war komplett in Schwarz gekleidet und hatte die Mütze tief ins Gesicht gezogen.

Sie kamen nach Aussage der Frau, kurz ins Gespräch, doch wurde es ihr dann zu unheimlich, so dass sie den Bus eine Station früher verlassen hat.

Die Polizei bittet um Ihre Mithilfe:

Wer hat diese Person noch gesehen?

Wer kann nähere Angaben zur Person machen?

Wer wurde noch von dieser Person angesprochen?

Bitte alle Mitteilungen an die Polizei Bonn und an alle anderen Polizeidienststellen.

Tom Bauer schluckte kurz und legte den General dann zur Seite, er nahm sein Smartphone zur Hand und wählte die Nummer der Polizei Bonn.

„Polizei Bonn. Guten Morgen."

„Hallo, ich bin es Tom Bauer, guten Morgen! Können Sie mir bitte Regina Sturm geben?"

„Ja klar, Herr Bauer, einen Moment bitte."

Es dauerte kurz dann wurde das Gespräch verbunden.

„Regina Sturm, hallo Tom, wie geht es?"

„Naja geht so, Arm und Bein sind noch sehr schmerzhaft, dauert wohl noch ein Weilchen, bis ich wieder fit bin!" antwortete Tom.

„Ja klar, wir halten hier schon die Stellung, mach dir keine Gedanken."

„Sag mal Regina, ist schon irgendetwas bezüglich der Zeitungsanzeige passiert? Ich las gerade im General von dem Aufruf!"

„Nein, bis jetzt nicht, aber die Anzeige ist ja auch noch ganz frisch, warten wir erstmal ab, würde ich vorschlagen. Ich denke schon, dass noch etwas kommt, wenn die Person sich auch bei anderen so verhalten hat! Schau du nur zu, dass du erst mal deine Ruhe weiterhin einhältst, ich halte dich weiter auf dem Laufenden, ok?"

„Ja, da hast du wohl Recht, na gut bis dann also!"

Tom beendete das Gespräch und legte sein Smartphone wieder zur Seite. Dann, um weiteren Stress zu vermeiden, legte er auch den General Anzeiger wieder auf den Tisch und widmete sich weiter seinem

Buch. Es dauerte nicht lange und er war auf der Couch eingeschlafen, dass Buch lag auf seinem Bauch und es sah ziemlich lustig aus, als es die ganze Zeit sich auf und ab bewegte, immer im Takt der Atmung, bis es dann plötzlich zu Boden viel. Tom hatte davon nichts mitbekommen, er schlief tief und fest.

Es war mittlerweile Nachmittag, Tom wurde durch Krach im Flur wach und saß urplötzlich senkrecht auf der Couch, weil er sich so erschrocken hatte. Lulu war beim Betreten des Hauses der Rucksack runtergefallen. Kurz darauf kam sie auch schon ins Wohnzimmer gestürzt um ihren Vater zu begrüßen.

„Hallo Papa, na wie geht´s? Hast Du noch arge Schmerzen?" fragte sie nach.

„Ja Du, habe ich, leider. Und wie war es in der Schule?"

„Ganz lustig, wir haben heute viel gemalt und rechnen geübt. Wir sind schon bei 50. Das hat Spaß gemacht."

„Ja, so soll es auch sein!" Er drückte der Kleinen einen dicken Kuss auf die Stirn: "Ist Mama auch schon da?" fragte er dann weiter.

„Ja, sie stellt noch das Auto in die Garage!"

In diesem Moment hörte Tom sie auch schon im Flur: "Hallo Schatz, ich bin da!" rief sie schon und war im nächsten Augenblick bei den beiden im Wohnzimmer.

„Na wie geht's? Konntest Du etwas schlafen?" Sie drückte Tom, so gut sie das konnte, ohne ihm Schmerzen zuzufügen.

„Ja, habe den halben Tag verschlafen, bin gerade aufgewacht." In diesem Moment sah er auf die Uhr: "Was? Schon halb fünf? Ach du lieber Otto, dann hat es mich ja völlig umgehauen, was?" In diesem Augenblick hatte er seinen verletzten Arm kurz ungünstig bewegt: "Ahhh," er biss vor Schmerzen die Zähne aufeinander und sein Kopf wurde knallrot. Dann beruhigte er sich aber wieder.

Evelyn und Lulu starten ihn nur wortlos an!

In diesem Moment klingelte sein Telefon. Er griff danach und meldete sich: "Tom Bauer. Ach, hallo Regina, was gibt es Neues?"

„Also auf die Anzeige gibt es noch nichts, aber wir haben eine Anzeige gegen Unbekannt vorliegen!" entgegnete Regina Sturm.

„Anzeige gegen Unbekannt? Lass hören!" Tom wurde umgehend neugierig.

„Naja, so vor einer Stunde etwa bekamen wir einen Anruf. Ein Joseph Müller aus Berkum rief uns an und machte folgende Aussage, ich lese vor:

Ich fuhr mit dem Bus 856 von Berkum Mitte hoch zum Wachtbergcenter, als mich während der Fahrt ein junger Mann ansprach. Der mag etwa 20 bis 25 Jahre alt gewesen sein. Er fragte wo ich hinwolle und ob er mir nicht helfen könne. Erst war ich etwas überrascht, doch dann dachte ich nicht weiter darüber nach und nahm das Angebot dankend an. Er ging mit mir in den Edeka einkaufen und anschließend war er mit mir noch im Lidl. Dann standen wir an der Haltestelle und warteten auf den Bus, der zurück nach Berkum Mitte fahren sollte. Ich sah plötzlich, wie der junge Mann in seinen Mantel griff. Er suchte sicher nach einem Taschentuch um sich seine verschnupfte Nase zu putzen. In diesem Augenblick klappte eine Seite des Mantels etwas auf und ich konnte, glaube ich, den Griff eines Messers in der Innentasche erkennen. Es schaute oben über die Hälfte aus der Tasche heraus. Ich packte dann ohne lange zu überlegen meine zwei Tragetaschen, stand auf und ging umgehend ein paar Schritte beiseite und zum Glück kam in diesem Moment der Bus angefahren. Ich stieg schnell ein und sofort schloss die Tür des Busses. Der junge Mann hatte wohl gar nicht so richtig mitbekommen was passiert war. Er machte auch nicht die Anstalten einsteigen zu wollen. Ich sah nur, als wir schon angefahren waren, dass er ein hochrotes Gesicht hatte und wutentbrannt umherlief. Sie sollten sich den mal ansehen, der hat bestimmt etwas vor!

„Okay und weiter?" fragte Tom nach.

„Das war es eigentlich, wir haben dann die Anzeige zusätzlich im General-Anzeiger und in der Wochenschau einstellen lassen!"

„Ja mehr können wir wohl auch nicht tun, was? Na gut. Okay, dann halt mich doch bitte weiter auf dem Laufenden, ja? Bis später, danke dir und viel Erfolg!"

Tom legte sein Smartphone wieder zur Seite.

Sven Klein saß in seiner Bude. Überall lag Müll und getragene Klamotten herum. Er hatte in den letzten Tagen nicht aufgeräumt und durch die Menge an getragenen Socken die auch dort herumlagen schien auch der Sauerstoff ziemlich am Ende. Er stand von seiner Pritsche auf und öffnete notgedrungen das Fenster. Draußen schneite es mal wieder und es war bitter kalt. Er schlug schon nach kurzer Zeit den Flügel wieder zu und zog die Gardine davor.

„Scheiß Wetter, da geht doch keiner vor die Tür," sagte er laut vor sich hin. „So ein Misst, was soll ich nur machen?" Er lief in seiner Wohnung auf und ab und kochte vor Wut.

Dann ging er in die kleine Küche, zog die Schublade mit der Holz Box auf und nahm das Messer aus der Box in die Hände. Er stierte dieses mit einem irrsinnigen Blick an und fuchtelte damit umher. Schließlich zog er die Klinge mehrere Male über seinen rechten Unterarm. Das Blut kam sofort gelaufen und er hielt diesen über die Spüle. Dann legte er das Messer zur Seite und schaute sich sein „Werk" noch eine Weile an. Er drehte und wendete seinen Arm, so dass das Blut verschiedene Bahnen auf seinem Arm gezeichnet hatte und seine Hand voll damit war. Dann nahm er sein Smartphone in die andere Hand und fotografierte das Ganze mehrmals.

Als er damit fertig war, wusch er sich erst den Arm und die Hand ab und reinigte dann sein „geliebtes" Messer jetzt legte er es zurück in die Box. Er schob die Schublade zu, wickelte sich ein Küchentuch um die Schnitte im rechten Arm und legte sich dann auf sein Bett und schlief ein.

Es war früh am Morgen als Tom den General-Anzeiger aus dem Türschlitz nahm und sich auf den Weg in die Küche begab. Evelyn und Lulu hatten das Haus schon verlassen. Toms Frau war unterwegs zum Frauenarzt und anschließend in die Uni, gleichzeitig brachte sie die Kleine zur Schule nach Berkum, es herrschte totale Ruhe. Tom ging also auf direktem Wege zum Radio und schaltete es ein. Es lief wie immer WDR1, Toms Lieblingssender.

Dann drückte er die Kaffeemaschine an und wartete kurz bis sie betriebsbereit war. Zwischendurch machte er sich etwas Milch in einem Glas in der Mikrowelle heiß. Dieses stellte er unter die Kaffeeausgabe und drückte den Startknopf. Sofort machte sich der gute Duft von frischem Kaffee in der ganzen Küche breit, was Tom sehr mochte. Er nahm sich noch einen Kaffeelöffel aus einer der Schubladen und setzte sich dann mit Kaffee und Zeitung auf die Eckbank am Tisch. Sein verletztes Bein legte er auf einem Stuhl neben sich ab. Er breitete die Zeitung vor sich aus und schon viel sein Blick auf eine Anzeige:" Ach, da ist es ja, dann bin ich ja mal gespannt ob sich jemand daraufhin meldet!"

Das Smartphone klingelte, Tom schaute aufs Display und sah das Bild von Evelyn, er nahm das Gespräch an:

„Hey Schatz guten Morgen, was gibt´s?"

„Ich wollte dir nur Bescheid geben, dass mit dem Kind in meinem Bauch alles in Ordnung ist, habe ein schönes Foto vom Ultraschall! Ach so: ab übernächste Woche geh ich in Mutterschutz!"

„Na super, dann ist ja alles prima. Fahr schön vorsichtig nicht das Euch noch etwas passiert, ok?" antwortete Tom erfreut.

„Ja klar, mach ich doch Schatz, also bis später, hab dich lieb." Und schon hatte Evelyn das Gespräch beendet.

Tom legte das Telefon bei Seite und widmete sich wieder seinem General-Anzeiger. Sein Kaffee war mittlerweile leider kalt geworden, also stand er auf und machte sich einen neuen, dann saß er wieder am Tisch und studierte weiter die Zeitung.

Es war nun schon vier Wochen her, dass Tom auf dem Weg ins Büro einen Autounfall hatte, heute sollte die Schiene am rechten Bein und der Gips am linken Arm abgenommen werden. Er und Evelyn waren auf dem Weg zum Krankenhaus nach Bad

Godesberg. Dort in der Ambulanz sollte alles schnell erledigt sein, denn Tom wollte danach sofort ins Büro nach Bonn um endlich mit seinem Fall weiter zu kommen. Zum Glück war es die ganze Zeit über ruhig gewesen, und es war nichts weiter geschehen. Auf die Anzeigen hin ist nicht viel passiert, außer ein paar Anrufen, denen aber nicht so viel Bedeutung zugemessen wurde.

Nun hatte es doch zwei Stunden gedauert bis Tom und Evelyn zurück aus der Ambulanz im Waldkrankenhaus waren. Tom machte sich sofort fertig, er zog sich ein bequemes T-Shirt über und darauf eine Strickjacke und Jeans. Jetzt noch schnell das Laptop in seine alte Ledertasche gepackt und schon hatte er sich von seiner Frau verabschiedet und saß im Wagen.

„Wow, endlich wieder ins Büro," dachte er laut und fuhr los. Dabei hatte er die Musik eingeschaltet und war gut drauf.

Bei der Wache angekommen, wurde er schon freudig von seinen Kolleginnen und Kollegen erwartet, sie überreichten ihm noch am Empfang einen Blumenstrauß und wünschten ihm alles Gute, dann durfte er endlich in sein Büro. Ganz gemach öffnete er die Tür, es war ganz still, jemand hatte das einzige Fenster in seinem Raum geöffnet um durchzulüften. Er schloss dieses sofort, denn es war frisch genug im Zimmer. Als erstes goss er schnell seine zahlreichen Pflanzen und stellte die Blumen, die er soeben von seinen Kollegen bekommen hatte, in eine Vase.

Dann füllte er hurtig Wasser in seine Kaffeemaschine und schon war das Ding auch schon wieder unter Strom, der Kaffee duftete und Tom fühlte sich angekommen.

Er setzte sich an den Tisch und öffnete die Akte, welche man ihm vorbereitet und hingelegt hatte.

„Hm, letzter Eintrag vor vierzehn Tagen, da ist ja wohl echt nichts mehr passiert", dachte er noch und überlegte was er denn tun könnte um hier weiter zu kommen?

Als ihm nichts weiter zur Sache eingefallen wollte, holte Tom erst einmal das Schreiben von Berichten nach, es war ja doch so einiges liegen geblieben und so verging sein Vormittag wie im Fluge.

Für Tom ging so ein nicht allzu ereignisreicher Tag zu Ende, doch er war voller Tatendrang und freute sich auf den nächsten.

Der alte Wecker klingelte und Sven Klein wachte langsam auf. Es war 7:00 Uhr, und um acht musste er in der Uni Bonn sein. Er drückte den Stoppknopf, stand auf und taumelte schlaftrunken zum Bad. Vor der Dusche zog er seinen Pyjama aus und stellte sich dann unter das kühle Nass.

Der Kessel auf dem Ofen, welchen der Killer vorher mit Wasser befüllt und auf eine der Herdplatten gestellt hatte, meldete sich nun mit einem markerschütternden Pfeifen und Sven Klein sprang klitschnass aus der Dusche und zog in der Küche den Kessel schnell von der heißen Herdplatte und stellte diese ab. Jetzt schüttete er das heißes Wasser in seinen Kaffeepott, in diesen hatte er vorher schon zwei Löffel löslichen Kaffees gefüllt. Im gleichen Moment rutschte er mit seinen nassen Füßen auf dem Boden aus und legte sich der Länge nach auf die glatten Fliesen zwischen Küche und Bad: "Verdammter Mist aber auch," schrie er, sein linkes Schienbein schmerzte, weil er damit gegen seinen Küchenschrank gestoßen war und jetzt versuchte er wieder in die Senkrechte zu kommen. Sein Knie blutete. Er schaute er auf die Uhr: "Ach man, schon halb, jetzt muss ich aber auch los. Er kippte den heißen Kaffee halbherzig und noch etwas erzürnt in die Spüle und zog sich schnell es ging seine Klamotten über, nachdem er sich großzügig ein Pflaster über das blutende linke Knie geklebt hatte. Schuhe und Mantel an, Mütze in die Hand genommen, ab ging es dann auf den Weg zur Bahn an der Rigallschen Wiese.

„Hoffentlich bekomme ich später noch Zeit mein neues Messer aus zu probieren! Hoffentlich, sonst dreh ich noch durch", murmelte er vor sich hin, als er in die Linie 16 der SWB stieg. Sein linkes Knie pochte vor Schmerz und es war schon leicht angeschwollen.

„Misst", dachte er noch: "nicht das ich damit noch ins Krankenhaus muss!"

Der Tag in der Uni ging schnell vorbei. Es war 16:30 Uhr und Sven Klein saß schon wieder in der Bahn zurück nach Godesberg, als es ihn wie ein Blitz durchzog! Ihm gegenüber setzte sich gerade eine alte Dame ganz in schwarz gekleidet auf die Bank und starrte ihn mit großen Augen an. Er dachte noch: "Wieso glotzt die so, habe ich Dreck im Gesicht, oder was ist los?" Doch dann hatte sie auch schon ihren Blick abgewendet und schaute aus dem Fenster. Ihm war sofort klar, dass dies sein nächstes Opfer werden sollte und er spürte sofort das Messer in seinem Mantel an der linken Brust, es rief förmlich nach „Arbeit"! Sein Herz schlug wie wild, er musste sich sehr zusammen nehmen und versuchte sich mit seinem Smartphone zu beschäftigen. Sein Knie am linken Bein ließ ihm auch keine Ruhe. Es war nun doch sehr geschwollen und schmerzte. Er versuchte es zu ignorieren, sein hochroter Kopf sagte aber, dass er das nicht gut konnte.

Am Bad Godesberger Bahnhof stand die alte Frau dann auf und war im Begriff aus der Bahn zu steigen.

Sofort folgte Sven Klein ihr unauffällig und mit genügend Abstand. Sie ging über die Rolltreppe rechts raus in Richtung Villenviertel und dann links auf den Fahrradparkplatz zu.

„Ach du Scheiße," dachte Klein und sein Knie schmerzte weiterhin: "die nimmt doch jetzt kein Rad, oder?"

Doch die alte Dame zog einen Schlüsselbund aus der Manteltasche und öffnete damit ein Fahrradschloss an einem modernen E-Bike. Sven Klein sah sich das Ganze mit weitaufgerissenen Augen an: "Man, so ein Mist", dachte er wieder und humpelte ein paar Schritte weiter. Dann erblickte er ein Rad in der Ecke, welches unverschlossen an der Wand lehnte.

„Es ist zwar kein E-Bike, aber so schnell wird die Alte wohl auch nicht fahren", sagte er sich und machte sich hin zum Objekt der Begierde. Er schaute sich um, ob ihn keiner beobachtet hatte und schwang sich schnellen Fußes auf das Rad und der alten Dame hinterher. Diese hatte schon ein paar Meter Vorsprung und war gerade durch die Unterführung gefahren und nun auf dem Weg Richtung Redutenpark unterwegs. Sven Klein klemmte sich dahinter aber immer mit sicherem Abstand. Die Schmerzen im Knie wurden immer stärker, je mehr er in die Pedale treten musste. Sie fuhr am Park links vorbei und gab dann doch etwas Gas und radelte nun in Richtung der B9 rüber aus Godesberg hinaus.

„Das gibt es doch nicht, wo will die nur hin? Ich kann bald nicht mehr", überkam es den Verfolger voller Frust und Schmerz, die Tränen standen ihm in den Augen, doch er musste weiter in die Pedale treten um nicht den Anschluss zu verlieren.

Später, als Mehlem passiert war, ging es hoch weiter Richtung Niederbachem/Oberbachem an der Straße entlang. Nichts hielt die alte Dame von ihrem Tempo ab, sie war Sven Klein um Längen voraus und er trampelte nur völlig verschwitzt und mit einem schmerzverzerrten Gesicht hinterdrein. Er war schon an einem Punkt angekommen, wo er lieber das dämliche Rad in den Graben geschmissen hätte, doch der Wunsch, sie einzuholen und kaltzumachen war gerade stärker. Also fuhr er weiter, obwohl ihm seine Beine schon weh taten, und das linke Knie aufzugeben drohte.

Gerade waren sie durch Niederbachem gefahren da ging es weiter auf der L123 entlang Richtung Oberbachem, dann fuhr die Frau rechts ab in die Dreikönigen Straße.

„Jetzt muss ich sie endlich einholen", dachte sich der Killer und trat erneut, so gut wie es ihm noch möglich war, in die Pedale, an den Schmerz hatte er sich mittlerweile fast schon gewöhnt! Nach kurzer Zeit war er mit der alten Frau auf gleicher Höhe, er war aber völlig außer Puste. Die Frau jedoch hatte sich kurz etwas erschrocken, als er neben ihr auftauchte, gab aber dann wieder etwas mehr Gas und fuhr ihm einfach davon und es dauerte nur ganz kurz, da war sie auch schon mit dem Rad auf einen Hof rechts am Hochheimer Weg eingefahren und verschwunden.

Sven Klein war voller Wut und Schmerz, er stieg noch auf der Straße von seinem Drahtesel ab und schmiss das Teil in die Wiese neben der Straße. Dann trottete er weiter bis zur Bushaltestelle beim Raiffeisenlager an der Konrad-Adenauer-Straße. Die Wut in ihm war so rasend, dass er sich kaum unter Kontrolle hatte. Er setzte sich auf die bereitstehende Bank und seine Hände vergrub er unter den Achseln, sein Kopf war tiefrot und Tränen liefen ihm übers Gesicht. Außerdem war er völlig verschwitzt und fing an auszukühlen. Sein linkes Bein hatte er ausgestreckt, so war der Schmerz etwas besser zu ertragen. Er wollte schreien, doch das verkniff er sich und wischte dann auch mit dem Mantelärmel die Tränen fort. Sein Herz raste wie wild, war ihm doch schon wieder ein Opfer durch die Finger geglitten! Der Bus kam und er stieg ein.

Tom saß noch im Büro und war gerade mit seinen Berichten fertig, als es an seiner Tür klopfte. Regina Sturm trat herein und begrüßte ihn.

„Na, wie läuft es? Hast du dich wieder etwas einge-
lebt?"

„Ja, passt schon," entgegnete Tom gut gelaunt.

„Du, da ist eben eine Anzeige reingekommen!"

„Okay und was genau?" antwortete Tom hellhörig.

„Erst einmal rief eine ältere Dame an, ich glaube
Heide Mendig ist ihr Name. Sie hatte angegeben, das
sie heute Nachmittag, als sie auf ihrem Rad auf dem
Weg nach Hause war, von einem anderen Radfahrer
verfolgt und wohl belästigt wurde. Er hatte sie nur
nicht anhalten können, weil sie mit dem E-Bike viel
schneller als dieser fahren konnte.

„Und weiter?" Tom stand die Spannung im Gesicht
geschrieben.

„Sie fuhr dann in Oberbachen auf ihren Hof und betrat umgehend und so schnell es ging ihr Haus. Sie
sagte sie schloss die Tür rasch ab und lugte dann hinter der Gardine versteckt aus einem der Fenster in ihrer Stube. Der Mann, der sie eben noch mit dem Rad
verfolgte, kam nun zu Fuß, humpelnd auf dem Gehweg an ihrem Haus vorbei. Sie konnte sehen, dass er
einen hochroten Kopf hatte und wohl sehr wütend
gewesen sein musste. Er stampfte ziemlich aggressiv
mit den Füssen auf, sagte sie. Dann war er aus ihrem
Sichtfeld verschwunden worauf sie uns dann anrief.

„Oh, da hat die Gute aber doch sehr Glück gehabt,
möchte ich fast behaupten!" fiel Tom ein. "Stell dir
mal vor, es ist wirklich unser Täter gewesen? Man

man man, wir müssen unbedingt etwas über ihn herausbekommen und ihn dann dingfest machen. Nicht dass wir noch ein paar Leichen dazu bekommen!"

„Ja klar, das ist selbstverständlich, wir müssen ihn ergreifen, aber wie? Wir haben bis jetzt keine richtige Spur von ihm, außer der Messerspitze, und dass die Leute uns immer wieder mitteilen, dass er dunkel gekleidet ist. Aber das ist leider nicht gerade hilfreich! Jeder zweite ist heutzutage so angezogen, der fällt eigentlich nicht auf", legte Regina Sturm nach.

„Ach so, hier ist noch eine Anzeige!" sagte sie nach einer kurzen Pause

„Was? Noch eine? Und?"

„Da hat sich ein junger Mann gemeldet. Frank Reuter. Er meldete einen Fahrraddiebstahl!"

„Das ist doch mal interessant, und weiter?

„Sein Rad wurde am Bahnhof in Bad Godesberg entwendet, allerdings betonte er auch, dass er es nicht abgeschlossen hatte!"

„Naja, aber weg ist es trotzdem, oder?" sagte Tom. „Dann sollten die Kollegen doch mal die Strecke mit dem Streifenwagen abfahren, welchen die alte Dame mit ihrem Rad gefahren ist! Eventuell liegt das Ding da irgendwo im Graben oder so."

„Ja, du hast Recht, ich schicke sofort zwei Kollegen los, schauen wir mal, was dabei herauskommt!"

„Ach so", hakte Tom noch nach: „sagtest Du gerade der sei gehumpelt?"

„Ah, ja, das teilte uns Frau Mendig so mit, warum?"

„Naja das kreist unsere Suche etwas ein, finde ich. Entweder humpelt der immer oder er hat sich irgendwie verletzt und muss, wenn wir Glück haben, in den nächsten Stunden oder Tagen zum Arzt oder ins Krankenhaus! Denn je nach dem was mit seinem Bein passiert ist, wird er nicht anders können, als sich versorgen zu lassen."

Regina nickte und stimmte Tom zu. „Ja, du hast recht, warten wir doch einmal ab und sensibilisieren aber vorab die Krankenhäuser in der näheren Umgebung! Wer weiß?" Dann verlies sie Toms Büro wieder.

Es hatte wohl so eine halbe dreiviertel Stunde gedauert, da kam ein Kollege in Toms Büro gelaufen.

„Ja? Was gibt es?" fragte Tom ihn sofort.

Er antwortete: "Also die Kollegen von der Streife in Bad Godesberg haben sich gerade gemeldet, sie haben tatsächlich ein Fahrrad am Straßenrand in der Wiese gefunden. Genauer gesagt an der Dreikönigstraße kurz vor dem Ortseingang Oberbachem!"

„Ja das ist doch mal prima," antwortete Tom: "die sollen es sofort auf Spuren untersuchen lassen und mir dann Bescheid geben!"

„Die SpuSi ist schon dran, die werden sich sicher gleich bei Ihnen melden." Dann war der Kollege auch schon wieder verschwunden. Tom nahm einen

Schluck aus der Wasserflasche, die auf seinem Schreibtisch bereitstand und legte sich dann bequem in seinem Stuhl zurück, er streckte die Arme in die Luft und atmete zwei-, dreimal tief durch um frischen Sauerstoff in sich auf zu nehmen. Dann schaute er auf die Uhr: „ach, sieh mal an, schon sechs, ich mach Schluss für heute, morgen ist auch wieder ein Tag! Außerdem wartet Sabine sicher schon auf mich."

Er nahm kurz sein Smartphone zur Hand und rief schnell seine Evelyn an um ihr zu sagen, dass er noch ein Bierchen mit Sabine und den anderen trinken wollte. Dann machte er sich auf den Weg.

Um einundzwanzig Uhr hatte Tom dann das Treffen verlassen und fuhr mit seinem Wagen nach Hause.

Es war Donnerstagmorgen, Sven Klein saß in der Bahn und fuhr soeben zur Uni nach Bonn. Seine Wut war ihm immer noch anzusehen, er hatte zittrige Hände und war extrem nervös. Er nahm alles um sich herum nicht so richtig war, doch er musste sich auch zusammenreißen um nicht negativ aufzufallen, denn das konnte er jetzt am wenigsten gebrauchen. Sein linkes Knie hatte schmerzmäßig etwas nachgelassen. Er wollte kühlen Kopf behalten und hatte sich vorgenommen, später nach der Uni noch einmal los zu gehen. Als er dann im Hörsaal saß und sich auf seine Arbeit konzentrieren musste wurde er doch ruhiger.

„Noch vier Stunden", dachte er, "dann bin ich hier fertig!"

Er neigte seinen Blick auf die vor ihm liegenden Unterlagen und hörte gleichzeitig zu, was der Dozent vorne an der Tafel zu erklären versuchte. Das Knie fing wieder an zu pochen und der Schmerz wurde schlimmer.

Viertel vor vier, Sven Klein verlies die Universität und war zu Fuß humpelnd, parallel der B9 unterwegs. Er ging bis zum Juridikum und dort runter in die U-Bahn Haltestelle. Kurz darauf saß er auch schon in der Linie 16 und es ging nach Bad Godesberg zurück. An der Wurzerstraße stieg er aus und lief, immer mit einem lauernden Blick durch die Straßen, bis er beim Eingang der Fronhofe Galerie angekommen war. Dort setzte er sich auf die kleine Bank in der Haltestelle und versuchte sein linkes Knie etwas zu entspannen, der Schmerz ließ ihm keine Ruhe.

Keine Möglichkeit hatte sich ihm geboten, niemand den er ansprechen konnte, es war wie verhext. Er humpelte dann die Fußgängerzone runter bis zum

Nordsee Restaurant und setzte sich dort hinein um eine Kleinigkeit zu sich zu nehmen und um sich auf zu wärmen. Er schaute raus auf die Fußgängerzone, es waren nicht viele Leute unterwegs, es war eisig kalt und Nebel hatte sich breitgemacht.

„Das wird ja immer besser, bei diesem Wetter kann ich auch direkt nach Hause gehen, habe eh keine Chance jemanden anzusprechen," dachte er noch, als im gleichen Augenblick ein älterer Herr den Laden betrat. Dieser bestellte sich etwas zu Essen und setzte sich dann ganz hinten im Restaurant in eine Ecke. Er entledigte sich seiner Jacke und dem Hut, den er getragen hatte und machte sich dann über sein Essen her. Er saß so tief geneigt über seinen Teller, dass Sven Klein keine Chance hatte überhaupt Blickkontakt auf zu bauen. Also wartete er ab, es würde sich bestimmt eine andere Möglichkeit ergeben! Wieder meldete sich sein linkes Bein. Das Knie schmerzte dem Killer mittlerweile so stark, dass er sich dann doch dazu entschloss, zur Notaufnahme ins Waldkrankenhaus in Bad Godesberg zu fahren. Er nahm sein Smartphone zur Hand und wählte missgestimmt die Nummer der Taxizentrale.

Er bezahlte kurz an der Kasse und stellte sich an die Straße beim Telekomshop, kurz darauf stieg er auch schon in ein Taxi.

„Zum Waldkrankenhaus bitte!"

Die Fahrt hatte nur kurz gedauert und nun saß Sven Klein in der Notfallambulanz des Wald Krankenhauses und wartete, dass er an die Reihe kommen würde.

Nach fast einer Stunde war es dann soweit, er wurde von einer jungen Schwester zum Röntgen geschickt. Er betrat eine kleine Kammer und entledigte sich seiner Hose, den Schuhen und des Mantels. Dann wurde er in das Röntgenzimmer diktiert.

Als alles vorbei war, hatte er sich wieder angezogen und saß nun auf einen der Stühle in der Abteilung und erwartete sein Ergebnis.

Die Dame vom Röntgen kam auf ihn zu und sagte:" Wie haben sie das denn gemacht? Ihre Kniescheibe ist in der Mitte gespalten! Ist klar, dass sie so Schmerzen haben, das muss umgehend operiert werden!"

„Was? Das kann doch nicht sein! Scheiße!" Sven Klein neigte seinen Blick zu Boden: "Man das fehlte mir jetzt noch!"

Dann kam aber auch schon ein Pfleger mit einem Rollstuhl und sammelte ihn auf. Es ging erst zum Fahrstuhl hoch auf die zweite Etage. Dort wurde er auf der Station aufgenommen und lag nun in einem Bett. Kurz darauf trat ein anderer Pfleger mit einer Spritze in der Hand an sein Lager heran.

„Kurz mal umdrehen bitte, ich muss an dein Hinterteil!" Er lächelte dabei hämisch und war gut drauf.

„Muss das sein?" fragte Klein unbeholfen und ängstlich.

„Ja das muss sein! Nach dieser Spritze wirst du nicht mehr viel mitbekommen, dass verspreche ich dir!" Er grinste Sven Klein wieder an und schon hatte er ihm die Nadel ins Hinterteil gerammt.

„Au, man das tat weh!" schrie der Killer kurz auf.

Der Pfleger ignorierte das und blieb gelassen!

„So nun bitte nicht mehr aufstehen und durch die Gegend laufen! In einer halben Stunde etwa kommt dich jemand holen." Und schon war er wieder aus dem Raum verschwunden.

Sven Klein schwanden umgehend die Sinne, er war wie betrunken und dann schlief er trotz kurzfristiger Gegenwehr ein

Es war 17 Uhr und Tom Bauer saß in seinem Büro, er war gerade mit dem Bericht fertig als Regina Sturm sein Büro betrat.

„Tom, rat mal was passiert ist? Du wirst es nicht glauben!" Sie war ganz aufgeregt.

„Sag bloß, das sich jemand im Krankenhaus gemeldet hat!" antwortete Tom ganz ohne Emotionen.

„Ja genau, woher weißt Du? Regina starrte ihn mit großen Augen an.

„Ach nur so, ich hatte so ein Gefühl!"

„Also langsam wirst du mir unheimlich, Tom Bauer!" sagte Regina nur und setzte sich ihm gegenüber auf einen der Stühle.

„Ja sag schon, was ist passiert?" fragte Tom.

„Also wie du schon vermutet hast, da hat sich ein junger Mann im Waldkrankenhaus gemeldet. Er ist vor 2 Stunden in der Notaufnahme aufgeschlagen und wird gerade operiert, wie man mir mitteilte!"

Tom hörte aufmerksam zu und schrieb sich Stichpunkte in seinen Hemingway.

„Er hat sich laut Aussage des Arztes, an seinem linken Knie verletzt!" führte Regina weiter aus.

„Na dann warten wir doch mal ab, bis er wieder auf Station ist, die werden uns doch informieren, oder?"

„Ja klar ich habe gesagt, sie sollen uns sofort anrufen, wenn der wieder ansprechbar ist! Ach so und bevor ich es vergesse: denen ist auch sofort aufgefallen, dass der Patient Schnittwunden an beiden Unterarmen hat. Borderline würde ich sagen, oder?" meinte Regina Sturm.

„Okay, das wird ja immer interessanter! Sollten wir mal im Auge behalten. Na gut, dann wird es ja heute doch etwas später! Kommst du nachher mit mir ins Krankenhaus?" fragte Tom weiter.

„Ja klar mach ich gerne, ich werde dann meinen Wagen mitnehmen und von dort nach Hause fahren.

Regina war aufgestanden und hatte das Büro schon wieder verlassen. Tom schaute sich noch einmal seinen Bericht an und ergänzte ihn um so manche Zeile.

Es hatte fast 2 Stunden gedauert, da kam Regina wieder in Toms Büro gelaufen: "Du der „Patient" ist wieder halbwegs ansprechbar, hat man mir soeben mitgeteilt! Sollen wir los?"

„Ja bin sofort bei dir, muss nur kurz alles abschalten und wir können fahren", antwortete Tom.

Nach einer halben Stunde etwa waren die beiden Ermittler am Krankenhaus in Bad Godesberg eingetroffen. Sie betraten das Haus und wurden schon vom leitenden Arzt in Empfang genommen.

„Dr. Molkow guten Abend! Ich werde Sie zum Patienten begleiten", sagte dieser freundlich.

„Regina Sturm, guten Abend Herr Doktor, das ist mein Kollege, Tom Bauer Oberinspektor der Polizei Bonn."

„Guten Abend Herr Dr. Molkow!" sagte Tom und reichte dem Arzt die Hand zum Gruß.

„Bitte folgen Sie mir, ich bringe Sie hoch auf die Station", fuhr Dr. Molkow weiter fort.

Sie stiegen gemeinsam in den kleinen Aufzug rechts am Eingang vorbei. Der Doktor drückte die 2 und schon ging es nach oben.

Auf der Station angekommen, liefen sie einen langen Flur entlang. Dann machten sie vor dem Zimmer mit der Nummer 214 auf der rechten Seite halt.

„Hat man Ihnen schon mitgeteilt, dass der Patient diverse Schnittwunden an beiden Unterarmen hat?", wollte Dr. Molkow noch wissen.

„Ja wir wissen Bescheid", antwortete Tom sofort.

„Ich möchte Sie bitten, nicht darüber zu sprechen oder dem Patienten irgendwelche Fragen dazu zu stellen! Wir haben herausgefunden, dass er in Behandlung ist und ich möchte erst mit seinem behandelnden Arzt Kontakt aufnehmen, wenn es Ihnen Recht ist?", sagte Molkow weiter.

„Klar kein Thema", sagte Tom.

Dann klopfte der Arzt auch schon kurz an die Tür und sie betraten den Raum. Drinnen gab es nur ein Bett, und in diesem schlief ein junger Mann Mitte zwanzig, schätzte Tom. Er sah sich sofort das kleine Schild am Fuß des Bettes an.

„Sven Klein, aha, 23 Jahre aus Godesberg!", sagte er leise.

Der Arzt erklärte noch, dass der Patient sich beim Sturz nach dem Duschen sein Knie verletzt hätte, aber dann doch nicht sofort ins Krankenhaus gegangen wäre.

„Er dachte wohl, dass es nur eine Prellung ist!", sagte Dr. Molkow. "Das haben wir öfter, das ist nichts Ungewöhnliches."

Sie hatten sich den Patienten noch eine Weile angesehen und sofort waren Tom und Regina die Schnittwunden an einem der Arme aufgefallen! Den Versuch den jungen Mann aufzuwecken gaben sie schnell auf. Zu stark war noch der Einfluss der zurückliegenden Narkose. Dann hatte Tom die Kleidung des jungen Mannes, welche im Schrank neben dem Bett hing, kurz durchgesehen. Nichts Verdächtiges war zu finden.

„Weist Du was Regina", sagte er dann, "lass uns morgen wiederkommen, der wird heute eh nicht mehr richtig wach werden, und wenn ja, wird er wohl nur wirres Zeug reden, nach dieser Narkose!"

Auch Dr. Molkow nickte einverstanden.

Regina Sturm stimmte zu und sie verließen gemeinsam mit dem Arzt das Zimmer.

Die beiden verabschiedeten sich von Doktor Molkow und waren unterwegs zu ihren Fahrzeugen. Kurz unterhielten sich Tom und Regina noch, dann ging es für Beide nach Hause.

7:30 Uhr, Sven Klein wurde etwas unsanft von einem Pfleger wachgerüttelt: "Hallo Herr Klein, wach werden, gleich gibt es Frühstück!" Es war der gleiche Pfleger der ihm am Vortag auch die Spritze gegeben hatte. Seven Klein schaute ihn verschlafen an: "Was? Wie? Wie spät ist es?"

„Gleich viertel vor acht!", antwortete der Pfleger freundlich aber bestimmend: "Machen Sie schon, ich wecke Sie nicht noch einmal. Nicht, dass Sie das Frühstück verpassen."

„Ja, ja ist ja gut, ich steh ja schon auf!" Im gleichen Augenblick hob Sven Klein die Bettdecke an. Er sah nur ganz kurz, dass sein linkes Bein auf einer Konstruktion abgelegt war. Das Ganze war gut eingewickelt in weißen Mull Binden, aufstehen konnte er damit nicht. Außerdem spürte er nicht viel von seinem Bein, dass lag wohl an der Operation. Er konnte sich lediglich im Bett aufsetzen und die Nackenlehne automatisch hochfahren. Als das halbwegs bequem war, stand auch schon der Pfleger wieder an seinem Bett. Er hatte nun eine große Plastikwanne mit dampfenden Wasser in den Händen und stellte diese auf dem ausgeklappten Tisch des Containers, welcher neben dem Bett stand.

„So, hier noch ein Waschlappen und ein Handtuch, die Seife liegt im Wasser!", sagte er nett mit einem Grinsen im Gesicht. "Gutes gelingen.", dabei legte er im Vorbeigehen noch ein Handtuch griffbereit an eine Seite des Bettes ab. Und schon war er wieder aus dem Zimmer verschwunden.

Sven Klein versuchte sich also so gut wie es eben ging zu waschen und sich die Zähne zu putzen. Als er damit fertig war betätigte er die Klingel an seinem Bett! Kurz darauf kam auch schon der Pfleger und befreite ihn von den Waschutensilien. Im nächsten Moment stand das Frühstück an der Stelle wo gerade noch die Waschwanne stand: "Juten Appetit!", sagte der Pfleger kurz und schon war er wieder verschwunden.

Kaum hatte Klein damit begonnen sich Margarine auf die Brotscheiben zu schmieren, klopfte es auch schon an der Tür.

„Herein", sagte er nur kurz.

Die Tür wurde geöffnet und zwei Personen betraten den Raum.

„Tom Bauer, guten Morgen. Das ist meine Kollegin Regina Sturm. Wir sind von der Polizei Bonn, hier unsere Ausweise."

Beide hielten den im Bett liegenden jungen Mann ihren Ausweis unter die Nase.

„Ja und? Sie wünschen?", fragte Sven Klein ruhig und gelassen.

Tom Bauer schaute sich den jungen Kerl ganz genau an und sagte erst einmal nichts. Regina hielt sich im Hintergrund. Sie nahmen sich zwei Stühle und stellten diese näher an das Bett des Patienten. Dann setzten sie sich hin. Regina nahm einen Stift und einen kleinen Block aus ihrer Handtasche und machte Anstalten etwas auf zu schreiben.

„Herr Klein", fing Tom Bauer dann an "wobei haben Sie sich eigentlich verletzt?"

„Ich hatte mich gerade unter den Wasserstrahl meiner Dusche gestellt, da fing der blöde Wasserkessel an zu pfeifen. Ich sprang, ohne drüber nach zu denken, aus der Dusche und rutschte dann in der Küche auf den Fliesen aus und schlug mit dem Knie gegen die Eckbank!", antwortete Sven Klein mit klaren Worten. "Wieso möchten Sie das wissen?", fragte er dann weiter nach.

„Ach nur so, rein informativ", antwortete Tom.

„Sagen Sie, Herr Klein, können Sie mir sagen, wie Sie Ihren Lebensunterhalt bestreiten?"

„Äh, meinen Lebensunterhalt? Warum sollte ich Ihnen darüber Auskunft geben? Was wollen Sie von mir?" Klein schaute Tom nun ernst an und sein Kopf war ganz klar.

„Herr Klein, wir ermitteln gerade in einem Fall und Sie sind uns als verdächtig gemeldet worden!"

Tom Bauer sah Klein dabei so tief, wie er konnte, in die Augen, doch dieser verzog keine Miene.

„Ich? Verdächtig? Wieso ich? Wer sagt denn so etwas?" Auch diese Worte kamen ohne weitere Regung aus Kleins Mund, er schien völlig entspannt.

„Herr Klein, beantworten Sie doch einfach meine Fragen und schon sind Sie uns wieder los!", sagte Tom weiter.

„Wie bestreiten Sie also ihren Lebensunterhalt?"

„Ich bin Student im vierten Semester an der Uni in Bonn. Meinen Lebensunterhalt bestreite ich mit kleinen Jobs, aber den größten Teil bekomme ich monatlich von meiner Mutter gezahlt", antwortete Klein dann.

„Na sie glücklicher!" merkte Tom kurz an.

„Was soll denn diese Bemerkung? Ich habe nichts getan und lasse mich von Ihnen nicht so ansprechen!"

„Sorry, war nicht so gemeint", legte Tom schnell nach "ist mir rausgerutscht!"

Tom Bauer schaute Regina an. "Hast Du noch etwas? Ich bin erst mal fertig."

„Ja, ich habe da noch etwas!" Regina Sturm stand auf und ging auf den im Bett liegenden zu "schauen Sie mal, Herr Klein, hier habe ich ein Tintenpad und eine Folie. Ich hätte gerne Ihre Fingerabdrücke darauf!"

„Kein Thema", erwiderte Sven Klein, "gebe ich Ihnen doch gerne." Als Regina Sturm damit fertig war, verabschiedeten Tom und sie sich von Sven Klein und machten sich auf den Weg zurück nach Bonn zur Wache.

„Was hältst Du von dem? Sieht mir jetzt nicht gerade wie ein eiskalter Killer aus, oder? Der hat nicht einmal eine Gefühlsregung, geschweige denn eine Reaktion gezeigt, wo ich sagen könnte, jetzt wird er nervös."

„Ja stimmt, der scheint ganz locker und klar zu sein!"
antwortete Regina. "Aber Du weißt ja, stille Wasser
sind manchmal tief!"

„Ja ich weiß, trotzdem, der kommt mir nicht sehr verdächtig vor. Und sicher, die Schnittwunden an seinen
Unterarmen sind nicht schön, aber das macht ihn ja
nicht zu einem Mörder. Und gleichzeitig scheint der
mir auch zu perfekt zu sein. Ich weiß nicht", sagte
Tom weiter.

„Ist schon eigenartig was? Kann aber auch sein, dass
er sich zu sicher fühlt? Schau doch mal wie schnell er
mir einfach seine Fingerabdrücke gegeben hat, interessanter Kerl", legte Regina noch nach. „Warten wir
doch einmal ab, was uns Dr. Molkow noch zu sagen
hat, wenn er den Kollegen wegen der Schnitte befragt
hat! Könnte ja auch noch interessant werden!"

Tom nickte ihr zu.

Den Rest der Fahrt nach Bonn, war es still im Wagen,
nur die Musik des Radio Bonn Rhein Sieg Senders
war zu hören.

Im Büro angekommen, setzte sich Tom sofort an seinen Computer um nach Sven Klein zu recherchieren
und Regina Sturm kümmerte sich um die Fingerabdrücke. Gleichzeitig wollte sie auch eine Akte für
Klein anlegen.

Tom Bauer konnte jedoch nichts Besonderes über die
gesuchte Person finden. Er war lediglich auf die diversen Internetportale gestoßen, wo Sven Klein auch

angemeldet war, aber dieser war ja auch Student und da ist man nun mal auf so manchen Portalen unterwegs. Nach circa zwei Stunden gab Tom es auf und schaltete den PC aus. Er machte sich kurz einen Espresso an seiner Kaffeemaschine und setzte sich dann wieder an seinen Tisch um den Bericht für den Tag zu schreiben.

Anschliessend schaute er doch noch einmal ins Internet um heraus zu bekommen, wo das Elternhaus des Verdächtigen wohl wäre. Er hatte schnell die Adresse herausgefunden und sich sogar eine Telefonnummer aufgeschrieben. Schnell trank er seinen Espresso aus und nahm dann den Telefonhörer zur Hand und wählte die notierte Nummer.

Es klingelte, doch erst nahm niemand das Gespräch an. Gerade als Tom den Hörer wieder auflegen wollte, meldete sich dann doch jemand.

„Renate Klein", sagte eine zittrige Stimme.

„Frau Klein, hier ist Tom Bauer, Polizei Bonn."

„Polizei, um Gottes Willen, ist was mit Sven?", die Stimme auf der anderen Seite wurde ganz aufgeregt.

„Frau Klein, beruhigen Sie sich, mit Ihrem Sohn ist alles in Ordnung. Endschuldigen Sie, ich wollte Sie nicht erschrecken.", legte Tom schnell nach.

„Ach, dann ist ja alles gut! Aber warum rufen Sie mich denn an? Warum denn die Polizei?", fragte Renate Klein dann weiter.

„Frau Klein, hätten Sie heute Nachmittag eventuell etwas Zeit für mich und meine Kollegin? Wir würden dann gerne zu Ihnen nach Hause kommen und ihnen ein paar Fragen stellen!"

„Äh, ja, ja Zeit hätte ich schon, aber um was geht es denn?", Frau Klein war etwas nervös geworden.

„Das würde ich lieber nachher persoenlich mit Ihnen besprechen, Frau Klein. Nichts Schlimmes nur ein paar Fragen!" beruhigte Tom sie wieder.

„Ja, ja sagen wir so um vier, Herr Bauer, ist das okay für Sie?" sagte Frau Klein dann etwas ruhiger.

„Klar prima, also um vier bei Ihnen. Wie gesagt, ich bringe meine Kollegin Frau Sturm mit! Ach so, Frau Klein, ich habe hier eine Adresse aufgeschrieben, können sie mir gerade sagen ob die noch stimmt?

„Ja was haben sie denn für eine Adresse notiert?" fragte Renate Klein nach.

„Ich habe hier, ein Moment, ach da, Sankt Augustiner Straße 51 in Bonn Beuel, ist das korrekt?"

„Ja, das ist richtig," antwortete Frau Klein.

„Ja, prima, dann also bis später, Frau Klein, danke für das Gespräch!", und schon hatte Tom den Hörer aufgelegt. Er nahm wieder mal seinen Hemingway und einen Stift zur Hand und notierte sich ein paar Dinge. Unter anderem schrieb er sich die Adresse der Dame noch mit ins Buch und schmiss den Zettel, auf dem er die Adresse vorher notiert hatte, in den Papierkorb neben seinem Schreibtisch. Er schloss das Buch wieder und steckte es zusammen mit dem Stift in seine Manteltasche zurück.

„Da bin ich ja mal gespannt. Ich glaube, das wird interessant", dachte sich Tom Bauer und lehnte sich in seinem Stuhl zurück.

Regina Sturm betrat sein Büro und fragte ihn, ob er mit ihr und ein paar Kollegen zu Mittag essen wolle. Er schaute auf die Uhr über der Tür, sie zeigte 12:35 Uhr an. „Ach ja, warum nicht!" antwortete er, schnappte sich im Vorrübergehen noch seine Jacke vom Garderobenständer und folgte Regina.

Sven Klein lag in seinem Bett im Waldkrankenhaus und hatte soeben zu Mittag gegessen.

Der Pfleger hatte ihm eine Bettpfanne gegeben, damit er sein „großes Geschäft" verrichten könnte, hatte er gesagt und falls es notwendig wäre! Allein der Gedanke daran bereitete Sven Klein Kopfschmerzen.

Außerdem hatte auch sein linkes Bein wieder Gefühl angenommen und es schmerzte sehr. Er schnappte sich die Klingel, welche über seinem Bett baumelte und betätigte diese kurz.

Gleich darauf kam eine Schwester ins Zimmer und fragte ihn, was ihm denn fehlen würde.

Er teilte ihr mit, dass die Schmerzen in seinem Bein nicht auszuhalten wären und sie besorgte ihm gleich Ibuprofen 600. "Dann sollten Sie gleich Besserung verspüren, bitte trinken Sie genug beim Einnehmen", sagte sie noch und war schon wieder aus dem Raum geeilt.

Der Drang etwas „Böses" zu tun wuchs und wuchs in Kleins Schädel. Es war kaum auszuhalten, doch er versuchte sich unter Kontrolle zu halten. Ritzen konnte er sich auch nicht, "dann werden sie mich sicher in die Geschlossene verlegen", dachte er noch.

Auf der Ablage seines Beistelltisches stand noch ein kleiner Plastikbecher mit einem Schlafmittel. Eigentlich war der für die nächste Nacht gedacht, aber er konnte nicht anders, er nahm den Becher und trank ihn mit einem schnellen Schluck aus.

Dann dachte er darüber nach, was überhaupt die zwei Polizeibeamten heute Morgen von ihm wollten? Spuren hatte er doch keine hinterlassen, nirgendwo. Außer dem Fahrrad, was er unten in Godesberg entwendet hatte, könne man ihm doch nichts vorwerfen.

„Meinen die eigentlich ich wäre blöd oder was? Ich wünsche Euch viel Spaß bei der weiteren Suche, mich werdet ihr sicher nicht bekommen! Bauer und Sturm, aha, die Namen werde ich mir gut behalten!" Dann schwanden Sven Klein die Sinne, und ohne große Gegenwehr, lies er sich nach hinten aufs Kissen fallen und schlief ein.

Tom Bauer war nach dem Essen mit den Kollegen wieder in sein Büro zurückgekommen und hatte sich erst einmal einen Espresso gegönnt. Regina Sturm saß bei ihm und trank an einer Dose Cola. Es war mittlerweile kurz vor 15 Uhr, in einer halben Stunde würden sie losfahren um nach Beuel rüber zu kommen und Frau Klein einen Besuch abzustatten.

Sie überlegten gemeinsam, ob es noch irgendetwas geben würde, was sie Frau Klein fragen sollten und verglichen ihre Notizen miteinander.

Es schien alles abgedeckt zu sein. Regina stand auf und ging aus dem Büro. Tom setzte sich richtig an den Schreibtisch und fing er an den Bericht für den Tag zu tippen um so die Zeit etwas zu verkürzen. Er wollte nach dem Besuch bei Frau Klein, direkt nach Hause fahren, denn Lulu feierte ihren 7. Geburtstag und da wollte und konnte er nicht abwesend sein!

Kurz nach halb vier klopfte es an der Tür und Regina Sturm betrat das Büro.

„Hey Tom, können wir?"

„Äh, klar sicher, habe voll die Zeit vergessen, sorry!" Tom war etwas durch den Wind, er hatte immer noch über dem Bericht gesessen und nicht mitbekommen wie die Zeit verflog.

Kurze Zeit später saßen sie auch schon in Toms Übergangs Fahrzeug und waren auf dem Weg nach Bonn-Beuel.

Auf der Kennedy-Brücke war mal wieder die Hölle los, der Feierabendverkehr hatte leider schon begonnen. Die beiden Ermittler versuchten Ruhe zu bewahren und Tom lenkte den Wagen mit anscheinender Gelassenheit über die Brücke und auf die Sankt-Augustiner Straße zu. Beide schauten dann aus den Fenstern um die Hausnummern zu erspähen.

„Da, 51" rief Regina in dem Moment und Tom nahm direkt den nächsten freien Parkplatz an der Straßenseite und parkte den Wagen. Er packte während des Aussteigens das „Polizei im Einsatz" Schild vorne hinter die Windschutzscheibe, schlug seine Tür zu und drückte den Verrieglungsknopf an seiner Fern-bedienung. Regina wartete schon ein paar Meter wei-ter vor der Eingangstür eines alten Gebäudes.

Tom schloss zu ihr auf und sie betätigte die Klingel am Eingang rechts.

Es dauerte nur wenige Sekunden und die Tür wurde von einer älteren Dame geöffnet.

„Guten Tag, Sie wünschen?" fragte sie.

„Ich bin Tom Bauer, Polizei Bonn und dass ist meine Kollegin Regina Sturm, wir sind mit Frau Renate Klein verabredet!" antwortete Tom.

„Ach Sie sind das, kommen Sie doch herein. Frau Klein erwartet Sie schon."

Tom und Regina betraten das Haus und die Tür wurde gleich hinter ihnen geschlossen.

Nachdem sie sich ihrer Jacken entledigt hatten, führte die Dame sie in einen großen Raum, es war wohl die Bibliothek des Hauses. Tom ging schnurstracks auf eines der Regale zu um die Buchrücken zu studieren. Regina Sturm jedoch setzte sich ohne lange nachzu-denken an den Tisch in der Mitte des Raumes.

„Frau Klein wird sofort bei Ihnen sein". sagte die Frau noch. "Einen Moment bitte", und schon hatte sie den Raum verlassen und die Tür hinter sich geschlos-sen. Nach einer kleinen Weile ging eine andere Tür auf und eine noch ältere Dame betrat den Raum. Sie kam leicht nach vorn gebückt und auf einen Gehstock gestützt auf die beiden Ermittler zu.

Zuerst ging sie zu Tom und reichte ihm die Hand: "Renate Klein. Guten Tag Herr…?"

„Bauer, Tom Bauer ist mein Name, guten Tag Frau Klein!" antwortete Tom.

Dann drehte sich die Frau von ihm weg und bewegte sich auf Regina zu.

Diese stand sofort auf und streckte Frau Klein ihre Hand entgegen. "Guten Tag Frau Klein, mein Name ist Regina Sturm, danke, dass Sie sich die Zeit für uns genommen haben!"

Jetzt setzten sich die drei gemeinsam an den hölzernen Tisch. Im gleichen Augenblick wurde wieder eine Tür aufgestoßen und die Dame, welche sie empfangen hatte, kam mit einem Tablett bestückt in den Raum.

„Ich habe Tee und Kaffee kochen lassen, ich hoffe es ist etwas für Sie dabei, greifen Sie bitte zu!" begann Frau Klein mit ruhigen Worten.

Die beiden Ermittler nahmen das Angebot gerne an und bedienten sich.

„Was führt Sie also zu mir, Herr Bauer?" fragte Frau Klein.

Tom nahm seinen Hemingway zur Hand und schlug ihn auf.

„Frau Klein", begann Tom, "bin ich richtig darüber informiert, dass es sich bei Sven Klein, wohnhaft in

Bad Godesberg, Deutschherren Straße 13, um Ihren Sohn handelt?"

„Ja, ja das ist richtig!"

„Ist es auch richtig, dass er in Bonn studiert?"

„Ja das ist es. Jura im 4. Semester, wenn ich mich recht erinnere! Aber was sollen diese Fragen? Ist ihm etwas zugestossen?" Frau Klein war etwas erregt.

„Frau Klein beruhigen Sie sich, es ist nichts passiert, auf jeden Fall nichts Schlimmes!"

„Was heißt denn, nichts Schlimmes, Herr Bauer? Was ist mit meinem Jungen?"

„Er liegt im Waldkrankenhaus in Godesberg Frau Klein. Er hatte sich vor ein paar Tagen bei einem Sturz in seiner Wohnung, wie er selbst sagte, das Knie verletzt!"

Renate Klein wurde noch etwas aufgelöster.

„Oh Gott, mein armer Junge? Wie hat er das denn wieder angestellt?"

„Manchmal passiert so etwas Frau Klein. Er war, so wie er uns mitteilte, nass aus der Dusche gesprungen und wollte einen pfeifenden Wasserkessel von der Kochstelle seines Ofens nehmen. Dabei ist er ausgerutscht und gestürzt und hat sich die Verletzung am Knie zugezogen. Es ist, wie gesagt, nichts Schlimmes, er wurde gestern operiert und ist wieder wohlauf. Er wird wohl noch ein paar Tage im Krankenhaus bleiben müssen, aber dann kann er auch wieder nach Hause." Beruhigte Tom sie weiter.

„Sagen Sie, Frau Klein," meldete sich dann Regina Sturm zu Wort, "sagen Sie, wie ist das Verhältnis zwischen ihnen beiden? Und wo ist der Vater von Sven?"

Frau Klein trank an ihrem Tee und kam langsam wieder zur Ruhe.

„Also mein Mann ist vor einigen Jahren verstorben. Sven hat sehr an ihm gehangen und er gibt mir heute noch die Schuld für dessen Tod! Wir beide haben zwar Kontakt, aber trauriger Weise geht es dabei nur um Geld! Ich überweise ihm jeden Monat etwas über tausend Euro auf sein Konto." Frau Klein hatte beim Reden Tränen in den Augen und man konnte ihr ansehen, wie nahe ihr das Ganze ging.

„Über tausend Euro? Wow, das ist ja mal eine stattliche Summe für einen Studenten! Glauben Sie er kommt mit dem Geld klar?" stieg Tom dann sofort ein.

„Und was haben Sie gesagt, er gibt Ihnen die Schuld am Tod seines Vaters, Ihres Mannes? Wie kommt er darauf?"

Frau Klein war im Moment ganz ruhig geworden, es sah aus, als wolle sie sich erst einmal sammeln, dann atmete sie einmal tief durch und fing an zu reden: "Also, mein Mann hatte damals hier in der Bibliothek einen Herzinfarkt erlitten. Ich…, ich habe nicht so schnell reagiert, wie man es wohl eigentlich tun sollte. So hat es doch etwas gedauert, bis ich das Telefon nahm und die Nummer vom Notruf wählte. Mein Mann war wohl sofort tot, so sagte es mir ein Sanitäter, der kurze Zeit später vor Ort war. Ja und darum hält mein Sohn es mir heute noch vor, dass sein Vater noch leben könnte, wenn ich damals schneller reagiert hätte!"

Kaum hatte Frau Klein ausgesprochen, kamen ihr auch schon wieder die Tränen übers Gesicht gelaufen.

„Na ja", fuhr sie dann fort: „und mit dem Geld; wir, mein Sohn und ich, hatten damals ausgemacht, dass ich ihm einen bestimmten Betrag monatlich überweise. Ich wollte ihn doch nicht sofort mit der Auszahlung seines Erbes überlasten. Er war doch mitten in der Ausbildung! Also, wie gesagt. habe ich ihm monatlich einen Betrag angewiesen, und das ging auch immer gut, außer bei der letzten Überweisung" sagte Frau Klein mit klaren Worten.

"Was war denn mit der letzten Überweisung, Frau Klein?" fragte Tom weiter nach.

„Nun Sven hatte mich angerufen. Er war sehr aufgeregt, wenn nicht sogar bösartig, am Telefon."

„Und weiter? Was sagte er zu Ihnen?" hakte Tom weiter nach.

„Er, er sagte ich solle bitte daran denken, doch einen Dauerauftrag einzurichten, dann würde es nicht zu solchen Anrufen kommen!" und wieder kämpfte Frau Klein mit den Tränen, sie schien sehr unglücklich und einsam zu sein.

Tom trank nun auch einen Schluck an seinem Kaffee. Regina übernahm das Wort.

„Frau Klein, hatten Sie das Gefühl, dass etwas nicht stimmen würde?" fragte sie.

„Etwas nicht stimmen, nein eigentlich nicht! Er ist immer sehr burschikos, das hat er von seinem Vater, möchte ich bald sagen. Wie gesagt gibt er mir sicher immer noch die Schuld an dessen Tod."

„Haben Sie schon mal daran gedacht, ihm einfach weniger zu überweisen Frau Klein?" fragte Regina weiter.

„Nein, nein, um Gotteswillen, nein, dann verliere ich meinen Sohn wohlmöglich ganz! Nein, das habe ich noch nie überlegt." Auch dieses Mal rannen die Tränen über das Gesicht der Frau.

„Frau Klein, eine Frage habe ich noch!" sagte Tom dann weiter: "haben Sie Kenntnis davon, dass Ihr Sohn gewalttätig ist? Oder dass er zu Jähzorn neigt?"

Renate Klein erschrak etwas bei der Frage!

„Gewalttätig, nein, das kann ich mir beim besten Willen nicht vorstellen! Jähzorn schon, dass ist auch eine

Eigenart meines Mannes gewesen. Aber warum fragen Sie mich das? Ist denn was passiert? Hat er etwas angestellt?"

„Nein Frau Klein beruhigen Sie sich, dass sind erst einmal nur routine Fragen, sonst nichts!" legte Tom sofort nach.

Dann beschlossen Tom und Regina es zunächst dabei zu belassen und verabschiedeten sich von Frau Klein. Sie sagten ihr noch, wenn doch etwas sein sollte, würden sie ihr Bescheid darüber geben. Sie verließen das Haus und waren schon wieder in Toms Wagen gestiegen.

Als Tom seine Kollegin bei der Wache abgesetzt hatte, machte er sich sofort auf den Weg nach Hause, um zur Geburtstagsfeier seiner Tochter zu kommen. Ihr Geschenk hatte er schon vor Tagen mit Evelyn oben im Geschaeft Müller besorgt, außerdem gab es noch eine kleine Überraschung für die Kleine.

Tom schaute während der Fahrt auf die Uhr: "Ach man, schon sechs, nun muss ich mich aber sputen!" Er gab etwas mehr Gas und nach einer halben Stunde etwa fuhr er in Werthhoven auf die Hofeinfahrt vor seinem Haus.

Er war noch nicht ganz ausgestiegen, da kam auch schon die kleine Lulu angelaufen und sprang ihm in die Arme. "Hallo Papa, da bist Du ja endlich, komm schon, wir haben gerade Pizza gemacht!"

Tom umarmte die Kleine erst einmal feste und gratulierte ihr zu ihrem Geburtstag, dann gingen sie gemeinsam ins Haus.

Die Party war im vollen Gange, lauter kleine Damen trabten da durch die Wohnung, Trepp auf, Trepp ab ging es da.

Dann versammelten sich alle am großen Tisch im Esszimmer und es gab Lachspizza, die Lieblingspizza der Kleinen Lulu. Tom hatte Evelyn noch schnell begrüßt und schon stürzte er sich mit in die „Meute".

Am Abend um acht war der ganze Spuk vorbei, das letzte Kind war um halb acht abgeholt worden und Ruhe kehrte ein im Hause Bauer.

„Du Papa?" fragte Lulu.

„Ja Süße, was gibt es denn?"

„Du Papa, ich bin doch jetzt sieben.......

Dann durchfuhr es Tom wie ein Donnerschlag!

„Ach herrje, Dein Geschenk, ein Moment, na klar!"

Evelyn und Lulu mussten lauthals lachen als er so von der Couch aufgesprungen und sich fast noch auf den Hosenboden gelegt hatte. Doch dann rappelte er sich auf und war aus der Wohnzimmertür verschwunden.

Man hörte nur kurz die Wohnungstür dann die Autotür dann wieder die Wohnungstür und schon stand

Tom mit einem riesen Geschenk wieder im Wohnzimmer!

Lulu war sofort verstummt und hatte ihre Augen weit aufgerissen. Tom reichte ihr zuerst einen Umschlag, den sie sofort öffnete. Dann versuchte sie das zu lesen, was da auf der Karte stand. Das funktionierte aber nicht so gut, denn Toms Schrift war nun mal nicht die Schönste. Evelyn nahm sich dann ihrer an und las Lulu das Geschriebene vor: "Gutschein", begann sie "Gutschein für ein Wochenende im Disney Land Paris in einem tollen Hotel, mit deinen Eltern und deiner besten Freundin! Und einem Frühstück mit Mickey Mouse und seinen Freunden!

Von Deinem Papa.

Lulu bekam den Mund nicht mehr zu!

„Na, das ist ja mal was!" strahlte Evelyn erst die Kleine und dann ihren Tom an. "Das ist ja toll, was?"

Und in diesem Moment sprang Lulu ihren Vater wieder in die Arme und küsste ihn wie wild im Gesicht umher.

„Danke Papa, danke! Das ist so toll, ich weiß auch genau wen ich mitnehme, die Laura!" schrie sie vor Freude außer sich.

Tom drückte sie und war auch sehr erfreut, dass sein Geschenk so gut bei seiner Kleinen angekommen war.

Dann machte sich Lulu über das Geschenk her. Es hatte sicher nur Sekunden gedauert, da war das pinke Geschenkpapier beseitigt und Lulu schaute auf eine große Lego Kiste, darauf stand „Barby Traumland". Das hatte sie nicht sofort lesen können, aber die Bilder auf der Verpackung verrieten alles. Und wieder sprang sie ihren Vater an den Hals und drückte ihn fest.

Tom wusste genau was jetzt anstand, also nahm er seine Tochter und das Paket und verschwand mit ihr in ihrem Zimmer oben und ward nicht mehr gesehen. Evelyn konnte sich nun etwas entspannen und hatte es sich nach dem aufräumen auf einem der Sessel vor dem Kamin, indem ein schönes Feuer tanzte, gemütlich gemacht und nippte genüsslich an einem Glas Pfefferminztee.

Es hatte wohl so eine halbe Stunde gedauert, da gesellte sich Tom wieder zu ihr. Lulu war kurz nachdem sie oben im Zimmer waren, auf dem Teppich eingeschlafen. Tom hatte sie vorsichtig ins Bett gelegt, das Licht ausgeschaltet und den Raum verlassen.

Jetzt genossen die Eltern gemeinsam die Ruhe. Tom hatte sich noch einen Kao Ila in ein Glas geschüttet und sich zu Evelyn gesetzt. Er saß eng neben ihr und hatte eine seiner Hände auf den Babybauch seiner Evelyn gelegt, nichts war zu spüren, der „Kleine" schlief wohl gerade.

Gemeinsam ließen sie so den Abend ausklingen.

Zwei Wochen später. Sven Klein saß, mittlerweile wieder zu Hause, auf seiner Pritsche und hatte den Fernseher eingeschaltet. Er verfolgte die Nachrichten, doch erneut konnte er nicht einen Hinweis zu seinen Taten erhaschen. Langsam stieg wieder die Wut in ihm herauf und er redete sich selber in Rage: "Warum sagen die nichts über mich? Bin ich denn so uninteressant? Das kann doch einfach nicht sein! Was muss ich anstellen, damit ich endlich mal berücksichtig werde?"

Er schaltete vor Wut die „Kiste" aus und humpelte langsam in die Küche, um sich ein Bier aus dem Kühlschrank zu genehmigen. Als er es geöffnet hatte, setzte er sich an den kleinen Schreibtisch in seinem Zimmer und schaltete den Computer ein. "Mal sehen eventuell steht ja etwas im General Anzeiger", dachte er sich und wartete voller Spannung, dass der alte Kasten endlich hochgefahren war. Dann ging er sofort online und auf die Seite des General Anzeigers.

Dort sah er sich zunächst die Titelseite an, doch er konnte nichts finden. Er blätterte weiter zum Regionalen Innenteil. Da! Etwa in der Mitte der Seite stand etwas:

DIE POLIZEI BITTET UM IHRE MITHILFE:

Suche nach Mörder in Godesberger Raum immer noch erfolglos!

Nach den mittlerweile vier Morden an jeweils älteren Personen aus dem Godesberger Raum, gestaltet sich die Suche nach dem Täter sehr kompliziert. Bei den Opfern handelte es sich um 4 älteren Personen, alle aus dem Pflegeheim an der Graureindorfer Straße in Bad Godesberg. Unteranderem handelte es sich bei zweien, eine Frau und ein Mann, um ein Ehepaar.

Wer hat in den letzten Wochen etwas Ungewöhnliches gesehen oder mitbekommen?

Wer fühlte sich eventuell bedroht oder komisch angesprochen?

Gesucht wird eine männliche Person, ca. 22-26 Jahre alt, 185-190 cm groß und schlank.

Er trägt nach Zeugenaussagen meist einen dunklen, schwarzen oder dunkelgrauen Mantel, schwarze Jeans, schwarze Schuhe und eine dunkle Pudelmütze.

Wer uns Hinweise zu dieser Täterbeschreibung geben kann, der melde sich bitte umgehend bei der Polizei Bonn und bei jeder anderen Polizei Dienststelle!

„Ah, das ist doch schon mal etwas," sagte sich der Killer und trank zufrieden an seinem Bier. Dann hatte er den Computer auch schon wieder ausgeschaltet und sich auf sein Bett gelegt.

Montag früh, Tom Bauer saß in seinem Büro in der Polizeidienststelle auf der Bornheimer Straße. Im Fall war es bis zu diesem Tage nicht richtig vorangegangen. Sven Klein hatten er und seine Kollegin mehrmals im Krankenhaus besucht und mit Fragen bombardiert, doch rausbekommen haben sie nichts! Er war jedes Mal sehr redselig und hatte alle Fragen sofort und ohne Umwege beantwortet. Es gab einfach keinen Grund, ihn mit irgendetwas in Verbindung zu bringen.

Sie hatten einfach nichts in der Hand gegen ihn, es war ihm ja nichts nachzuweisen. Er beantwortete jede Frage souverän und ehrlich, so schien es Tom. Er mochte sich nicht ausmalen, dass dieser junge Mann von 23 Jahren, ein eiskalter Killer ohne Gewissen sei und zu dem fähig wäre, was in den letzten Wochen passiert war. Außerdem würde ja heutzutage jeder zweite in dunklen Klamotten herumlaufen.

„Das ist noch lange kein Grund jemanden festzunehmen," hatte er gesagt.

„Braucht man sich doch nur mal die Mitarbeiter so mancher Unternehmen ansehen", sagte Tom zu Regina Sturm. „Schwarz ist doch das „Neue" blau! Es soll nach deren Politik seriös aussehen."

Regina nickte: "Ja, da hast Du Recht, alles sehr steif, wie ich finde, außerdem finde ich es eher einschüchternd als seriös. Stell dir doch nur mal diese Situation vor: Du hast zum Beispiel ein Bewerbungsgespräch und in dem Besprechungsraum sitzen rund um den Tisch mehrere Personen, am besten noch alle männlich, mit schwarzen Anzügen bekleidet. Da würde es mir mulmig, wenn ich diesen Raum betreten würde. Ganz klar!"

Tom hörte seiner Kollegin amüsiert zu und musste ihr Recht geben.

Dann widmeten sich die beiden wieder ihrem aktuellen Fall. Wo könnten sie weiter anknüpfen? Was hatten sie eventuell übersehen? Ist es vielleicht von Nöten, die befragten Zeugen noch einmal zu bestellen?

Dann stand Tom auf und schaute nachdenklich aus dem Fenster seines Büros.

„Weist Du was?" begann er, "lass uns doch gerade die Kollegen zusammenrufen. Wir sollten uns doch mal ansehen, was wir bis jetzt haben!"

Regina hielt dies auch für eine gute Idee und machte sich sofort auf, die Kollegen zusammenzutreiben. Tom schnappte sich die Unterlagen und begab sich dann in den Besprechungsraum am Ende des Flures auf seiner Etage.

Im Raum standen zwei große Tafeln aus durchsichtigem Plexiglas. Tom ging sofort auf diese zu, nahm den weißen Stift aus der Ablage einer der Tafeln und fing zu schreiben an:

1. Opfer -Heinrich Wolff
2. Opfer- Dietrich Sommer
3. Opfer- Klara Zimmermann
4. Opfer- Horst Zimmermann

Allesamt wohnhaft in der Pflegeeinrichtung an der Deutschherrenstraße!

Wählt der Täter diese zufällig aus oder hat er eine Verbindung zu den Personen?

Joseph Müller - er wurde im Bus von einem jungen Mann in dunkler Kleidung angesprochen. Später ist er vor diesem geflüchtet, weil er gesehen hatte, dass dieser angeblich ein Messer mit sich trug!

Heide Mendig - Sie erschrak, als sie auf ihrem Fahrrad sitzend plötzlich von einem jungen Mann in dunklen Kleidern, auch auf einem Rad, derb angesprochen wurde.

Sie ergriff die Flucht und hatte den vermeintlichen Täter durch ihr Küchenfenster humpelnd auf der Straße gesehen! War dies unser Täter?

Sven Klein - lag im Krankenhaus

Er war am Knie verletzt

Bei der Befragung gab er zu, dass er Frau Mendig hatte ansprechen wollen! Er sagte, er wollte sich nach einer Adresse erkundigen, doch die Frau wäre erschrocken davon geradelt. Sagt er die Wahrheit?

Er gab auch zu, dass er das Rad, auf dem er fuhr, am Bad Godesberger Bahnhof entwendet hätte.

????????

Als Tom mit der Auflistung fertig war, legte er den Stift wieder zurück in die Ablage!

Mittlerweile waren die Kolleginnen und Kollegen auch im Besprechungsraum eingetroffen. Sie begrüßten Tom und setzten sich dann an den Tisch.

Tom ergriff das Wort und erklärte ihnen die aktuelle Situation. Nach langem hin und her einigte man sich dann darauf, die Zeugen noch einmal zu vernehmen, dass wollten Cornelia Schwarz und Peter Schuh übernehmen.

Regina Sturm und Robert Schmidt wollten sich noch einmal die Räume und Wohnungen der Opfer in der Pflegeeinrichtung ansehen.

Lutz Groß und Tom Bauer haben es sich zur Aufgabe gemacht, Seven Klein einen Besuch abzustatten und sich dessen Wohnung näher anzusehen!

Nachdem alle Aufgaben vergeben waren ging es los und man einigte sich darauf, dass man sich nachher wieder hier zusammenfinden sollte.

Sven Klein saß in der Uni Bonn und schrieb gerade an einer Klausur. Das Thema „Recht" viel ihm sehr leicht und er kam gut voran. Nach drei Stunden etwa hatte er seine Arbeit abgegeben und war im Begriff die Uni zu verlassen. Er hatte doch etwas Muffensausen bekommen, denn er wusste ja immer noch nicht was die Polizei nun weiter unternehmen würde. Vorsichtshalber hatte er das Messer an einem sicheren Ort versteckt, "man weiß ja nie", dachte er und schmunzelte etwas dabei.

Als er auf dem Gelände vor der Universität stand, kam ihm der Gedanke, seine Mutter doch mal wieder anzurufen. Er ging weiter und setzte sich dann ins

Café Göttlich am Rande der Innenstand um einen Kaffee zu trinken. Nachdem man ihn bedient hatte, nahm er sich das Telefon zur Hand und wählte die Nummer seiner Mutter.

Er ließ es eine Weile klingeln, weil er wusste, dass sie nicht so gut zu Fuß war, dann wurde das Gespräch angenommen.

„Renate Klein", meldete sich eine Stimme.

„Hallo Mama, ich bin es, Sven!" sagte er.

„Hallo mein Junge, wie geht es Dir? Bist du wohlauf?

„Äh, ja bin ich, warum fragst Du?"

„Naja, erst einmal habe ich lange nichts von dir gehört und dann......" Sie stoppte kurz.

„Was, und dann, Mutter?" Fragezeichen standen auf der Stirn von Sven Klein.

„Also, also die Polizei war ja bei mir und......!"

„Und was, Mutter sprich, was wollten die? Wann waren die bei dir?" Klein war etwas erregt.

„Die haben nur nach dir gefragt und mir dann mitgeteilt, dass du im Krankenhaus liegst, sonst nichts!" antwortete die alte Dame, etwas eingeschüchtert.

Sven Klein überlegte kurz:" Haben die sonst noch etwas gefragt?"

„Nein, nein sonst nichts! Ist alles in Ordnung, Junge?" fragte Renate Klein weiter nach.

„Mutter, alles ist in Ordnung, ich hatte nur so einen blöden Sturz zu Hause in meiner Wohnung. Alles ist gut. Ich muss jetzt Schluss machen. Okay? Bis dann, Tschüss!"

Und schon hatte Sven Klein das Gespräch abrupt beendet. Er legte das Telefon beiseite und machte sich über seinen Kaffee her. Dann hatte er sich noch ein belegtes Baguette bestellt, um eine Kleinigkeit zu essen.

Tom und sein Kollege waren gerade an der Wohnung von Sven Klein eingetroffen, als das Smartphone des Ermittlers sich mal wieder meldete. Tom sah auf das Display und sah eine private Nummer mit Bonner Vorwahl darauf, er nahm das Gespräch an.

„Tom Bauer, guten Tag!"

„Hallo Herr Bauer, ich bin es, Renate Klein."

„Ach hallo Frau Klein, warum rufen Sie an? Ist etwas passiert?" fragte Tom überrascht nach.

„Nein passiert ist nichts, aber ich mache mir dennoch Sorgen! Mein Sohn hatte vorhin angerufen und ich habe ihn davon unterrichtet, dass Sie nach ihm gefragt hätten!"

„Ja und dann, was hat er geantwortet?" Tom war nun sehr neugierig geworden.

„Ich finde, er hat sich sehr überrascht verhalten und sehr ernst. Als ob er etwas zu verstecken hätte. Ich mache mir nun echt Sorgen, ich kenne ihn so nicht!" antwortete Frau Klein. "Ich wollte nur, dass Sie das wissen, Herr Bauer!"

„Das war sehr richtig. Danke für Ihren Anruf, Frau Klein," bedankte sich Tom und schon hatte die alte Dame das Gespräch beendet.

Tom hatte während des Gespräches den Lautsprecher eingeschaltet und sein Kollege hatte alles mitbekommen.

„Ist ja interessant," sagte Lutz Groß und schüttelte den Kopf, "da stimmt doch etwas nicht, oder?"

„Ja, also normal ist das nicht, da gebe ich dir Recht, aber anfangen können wir im Moment auch nichts damit! Behalten wir uns das Gespräch mal im Hinterkopf, eventuell wird ja alles noch interessanter."

Dann stiegen die beiden aus dem Wagen und betraten das Haus, die Eingangstür des Hauses hatte offen gestanden, in der sich die Wohnung von Sven Klein befand. Oben vor der Wohnungstür klingelten sie. In der Wohnung tat sich nichts. Sie versuchten es erneut, wieder keine Antwort. Tom entschloss sich dann, die Tür zu öffnen.

„Bist Du sicher Tom, dass du das tun solltest?" fragte Lutz etwas zurückhaltend.

„Bei besonderen Fällen, braucht es manchmal besonderen Einsatz, außerdem ist Gefahr im Verzug", antwortete Tom kurz und machte sich ans Werk. Er nahm hierzu ein flaches Lederetui aus seiner Jackentasche und faltete dieses auseinander. Drinnen befanden sich diverse Gegenstände um Türen zu öffnen. Tom pflückte sich zwei davon heraus und machte sich an der Tür zu schaffen. Es hatte nur einen Augenblick gedauert, da sprang diese auch schon auf. Sven Klein hatte die Tür nicht abgeschlossen, sondern lediglich zugezogen, gut für die Ermittler. Die beiden betraten die Wohnung und schlossen die Tür hinter sich.

Sie sahen sich dann in der kleinen Behausung um und versuchten dabei nichts großartig zu verändern oder zu durchwühlen. Sven Klein sollte ja nicht mitbekommen, dass jemand in seiner Wohnung gewesen war.

Überall lagen Klamotten und getragene Socken herum und es stank fürchterlich. Von Sauberkeit konnte hier nicht die Rede sein, aber es war halt eine Studentenbude und davon hatte Tom schon so einige gesehen.

Nach etwa einer Stunde gaben die beiden es auf. Sie hatten nichts finden können. Nicht mal eine Computer war irgendwo in der Behausung angeschlossen. Netzwerkkabel und Anschlüsse hingen zwar an einem kleinen Tisch herum, aber das war es auch schon. Dann stand da noch ein alter Fernseher auf einem Sideboard und das war eigentlich die ganze Elektronik, die sie finden konnten.

„Voller Reinfall das Ganze", hatte Tom zu Lutz gesagt.

Gerade waren die Ermittler wieder in den Wagen, der unten an der Straße stand, gestiegen, da sahen sie auch schon von weitem einen jungen Mann in schwarzem Mantel auf sie zukommen. Als dieser näher herangekommen war, sahen sie, dass es sich um Sven Klein handelte. Er schlurfte den Bürgersteig entlang und schien gelangweilt.

„Wow, da hatten wir aber Glück was," bemerkte Tom kurz und grinste dabei seinen Kollegen an.

Sven Klein hatte gerade das Haus betreten und war verschwunden.

Tom startete den Wagen und legte den Gang ein, es ging zurück nach Bonn.

„Bin mal gespannt, was die anderen in Erfahrung bringen konnten," sagte Lutz Groß und schaute Tom dabei an.

„Ja, ich auch", antwortete dieser, "wir müssen unbedingt weiterkommen in dieser Sache, bevor wieder etwas passiert! Außerdem wissen wir ja noch nicht, ob dieser Klein unser Täter ist. Das sollten wir nicht vergessen."

Lutz Groß nickte zustimmend. "Ja, da hast Du wohl Recht", hatte er gesagt und war dann still.

Als die Ermittler wieder in Bonn auf dem Präsidium angekommen waren, wurden sie schon von den anderen im Besprechungsraum erwartet.

Regina Sturm und Robert Schmidt hatten aus dem Pflegeheim auch keine Neuigkeiten mitbringen können, außer dass die Heimleitung anfragte, wann die Wohnungen wieder frei gegeben werden könnten? Das war aber im Moment zweitrangig für die Ermittler und somit haben sie keine Antwort darauf gegeben.

Cornelia Schwarz und Peter Schuh haben auch weiter nichts Neues herausbekommen. Die Zeugen hielten an ihren Aussagen fest und wollten auch nichts mehr hinzufügen. Was zu erwarten gewesen war.

Tom informierte die Runde noch von dem Telefonat mit Frau Klein, der Mutter von Sven Klein, den sie ja vor ein paar Tagen mehrmals im Krankenhaus besucht und befragt hatten.

Es wurde dann beschlossen, diesen mehr unter die Lupe zu nehmen und zwar Tag und Nacht. Tom und Lutz übernahmen freiwillig den ersten Abschnitt. Dieser sollte am Abend ab 18 Uhr beginnen und bis 4 Uhr am Morgen gehen, dann sollten sie von dem nächsten Team abgelöst werden. Als alles soweit abgesprochen war, gingen aller ihrer Wege und verteilten sich wieder in ihren Büros.

Tom Bauer und Lutz Groß hatten sich kurz abgemeldet, sie wollten bevor es losging, noch einmal nach Hause fahren um sich frisch zu machen und sich etwas ausruhen. Tom nahm Lutz mit, da seine Wohnung auf dem Weg lag. Er wollte ihn dann später zum Einsatz abholen und so konnten sie direkt zur Adresse von Sven Klein fahren, ohne noch einmal ins Büro nach Bonn zu müssen.

Tom war dann um halb sechs wieder zu Hause losgefahren und zirka 10 Minuten später stand er auch schon vor dem Haus von Lutz Groß in Lannesdorf. Der Kollege stand schon vor dem Haus und hatte eine Zigarette im Mund. Als er Tom erspähte hatte er diese in einem Aschenbecher, der neben Eingangstür stand, ausgedrückt und stieg dann zu Tom, der gerade gehalten hatte, ins Fahrzeug.

„Hey Tom, na alles gut? Können wir?" sagte Lutz.

„Hey Lutz, ja wir können, ich habe zwar nicht viel Lust dazu, aber was soll es, da müssen wir jetzt durch!" hatte Tom zur Antwort gegeben.

„Schau mal hinten im Korb auf dem Rücksitz," hatte Tom noch gesagt: „da hat uns Evelyn eine Kanne Kaffee und ein paar Brote eingepackt, damit wir nicht verhungern, hat sie gesagt."

Lutz Groß schmunzelte: „Na das ist aber nett von ihr!"

Sie machten sich dann sofort auf den Weg nach Bad Godesberg um sich vor Sven Kleins Haus in Position zu bringen. Sie parkten den Wagen ein paar Meter vom Eingang entfernt, auf dem Seitenstreifen an der Deutschherrenstraße, so, dass sie den Eingangsbereich gut überblicken konnten.

Sie drehten ihre Sitze etwas nach hinten, so, dass man sie nicht direkt im Auto sitzen sah und die Überwachung konnte beginnen. Lutz hatte sich eine Kamera mitgebracht und diese griffbreit vor sich in den Fußraum des Wagens gelegt.

Das Warten hatte begonnen!

Etwa eine halbe Stunde später, es dämmerte schon etwas, machten die beiden eine Person auf dem Gehweg vor dem Haus aus. Als sie näher hinschauten, erkannten sie, dass es Sven Klein war, der wohl gerade von der Uni nach Hause gekommen und auf dem Weg in seine Wohnung war.

Die Tür schnappte hinter ihm ins Schloss und es kehrte wieder Ruhe ein, bis auf ein paar Autos die auf der Straße fuhren.

Lutz Groß hatte sich auf einem Zettel die Zeit notiert.

Bis zehn Uhr hatten die beiden nun schon ausgeharrt und nichts war passiert. Tom hatte sich mit seinem

Kollegen abgesprochen, das er jetzt mal kurz die Augen schließen wollte. Lutz Groß war natürlich einverstanden und übernahm die ersten Nachtstunden.

Nach zwei Stunden hatten sie sich abgewechselt. Nichts war zwischenzeitlich passiert.

Den Rest der Nacht bis um vier Uhr, war dies nicht anders. Gerade hatte Regina Sturm angerufen und Tom Bescheid gegeben, dass sie und ihr Kollege Robert in fünf Minuten da wären, um sie abzulösen. Das freute Tom und er weckte Lutz Groß auf.

Dann war die Ablöse auch schon eingetroffen, sie hatten ihren Wagen direkt hinter den von Tom Bauer geparkt. Nach einer kurzen Absprache hatten sich Tom und Lutz dann von Regina Sturm und Robert Schmidt verabschiedet.

Tom fuhr Lutz noch nach Hause. Er hatte ihn vor dem Haus in Lannesdorf abgesetzt und war nun auf dem Weg nach Hause. Dort angekommen betrat er leisen Fußes das Haus, schloss die Tür hinter sich ab und legte sich oben, nachdem er sich seiner Klamotten entledigt hatte, zu seiner Evelyn ins Bett. Er schlief sofort ein und hatte gar nicht mitbekommen, wie Evelyn und Lulu später das Haus verlassen hatten.

Es war gerade 18 Uhr und Sven Klein war soeben von der Uni nach Hause zurückgekommen. Beim Betreten des Hauses war ihm ein Auto mit zwei Personen aufgefallen. Dieses parkte ein paar Meter vom Eingang entfernt auf dem Seitenstreifen an der Straße.

„

‚Na wenn das mal keine Bullen sind?', dachte sich der Killer. ‚Meinen die eigentlich, ich wäre beknackt oder was?' Er ging in seine Wohnung machte sich kurz frisch, schnappte das Messer aus dem Versteck hinter dem Kühlschrank und schon war er wieder draußen auf dem Flur und schloss gerade seine Wohnungstür ab. Das Licht im Flur hatte er nicht eingeschaltet. Er schlich nun leise und vorsichtig runter in den Keller und von dort durch den Garteneingang ins Freie. Dort gab es einen schmalen Fußweg, den er in der Dämmerung noch gut sehen und begehen konnte.

Niemand hatte ihn gesehen, dass wusste er. Er ging mit zügigem Tempo zur Bushaltestelle an der Rigallschen Wiese, dort stieg er in die Linie 856 Richtung Berkum und stieg am Einkaufszentrum wieder aus. Kaum war er dort angekommen, sah er auch schon wie eine Person nach dem Einkauf zu Fuß in Richtung Fitnesscenter, hinten auf den Wald zulief. Er nahm sofort die Verfolgung auf.

Es war zirka eine viertel Stunde vergangen, da hatte der Killer die Person im Wald angesprochen. Es war ein älterer Mann, dieser hatte sich erschrocken und war dabei rücklings auf den Hosenboden gestürzt.

Seine Einkaufstasche war neben ihm auf dem Boden gelandet und der Inhalt hatte sich im Gras auf dem Weg verteilt. Sven Klein nutzte die Gelegenheit, er sprang mit einem Satz auf den alten Mann zu, zog sein Messer aus der Tasche und rammte es ihm frontal in die Brust. Er war wohl unglücklich auf eine Rippe gestoßen, der Mann wollte schreien doch Klein hielt mit einer Hand den Mund zu und mit der anderen stach er noch einmal auf diesen ein und dann war plötzlich Stille. Der Alte sackte tot zu Boden. Der Killer schaute sich um, ob niemand etwas bemerkt hatte. Die Luft war rein, also packte er den Mann und zog in etwas weiter in den Wald hinein. Er stellte in an einem Baum auf und fixierte ihn mit dessen Ledergürtel, dem er ihm aus dem Hosenbund gezogen hatte. Das funktionierte ganz gut. Dann zog er das Messer aus der Brust des Mannes und streifte es im Gras und im vorhanden Moos ab. Danach steckte er es zurück in seine Manteltasche. Wie schon ein paar Mal zuvor, hatte er seinem Opfer die Sachen zurechtgezupft und ihm auch seinen Hut wieder auf den Kopf gesetzt. Dann machte er noch ein paar Bilder mit seinem Handy, was er immer sehr genoss. Als er sein „Werk" eine Weile betrachtet hatte, ging er zurück auf den Weg. Dort viel im der heruntergefallene Einkauf auf. Er sammelte alles ein und schmückte mit den Sachen den Boden rund um die Leiche, die er an den Baum geschnallt hatte. Noch einmal nahm er sein Handy zur Hand und machte ein paar Fotos. Wieder schaute er sich um, dass niemand ihn gesehen hatte. Er lief aus dem Wald hinaus und übers Gelände des

Einkaufszentrums zurück zur Bushaltestelle. Gerade war die Linie 856 wieder eingetroffen, mit der er nach Hause fuhr. Dort hatte er sich wieder, entlang des schmalen Weges, zum Haus an der Deutschherrenstraße geschlichen. Er konnte es sich dabei nicht verkneifen, kurz mal durchs Gebüsch zu schauen, ob der Wagen mit den Bullen immer noch dastehen würde. Er hatte ihn sofort erblickt. „Dachte ich es mir doch! Die werden Augen machen", sagte er sich und machte sich dann durch den Keller wieder hoch in seine Wohnung. Es war gerade 21 Uhr. Nachdem er sich geduscht hatte, legte er sich gleich ins Bett und schlief zufrieden ein.

Regina Sturm und ihr Kollege Robert Schmidt standen nun seit drei Stunden vor dem Haus in der Deutschherrenstraße und nichts war passiert.

Gerade als sie dabei war, sich einen heißen Kaffee aus ihrer Thermoskanne in einen Becher zu schütten, bewegte sich die Haustür am Objekt. Sven Klein trat vor die Tür, er hatte einen Rucksack dabei und war wohl mal wieder unterwegs zur Universität nach Bonn.

Regina weckte sofort ihren Kollegen, der sofort ein paar Fotos von Klein schoss. Als dieser aus ihrem Blickfeld verschwunden war, startete sie den Motor und fuhr langsam vorwärts um nicht den Anschluss zu verlieren. Klein ging runter bis zur Rigallschen Wiese und war dann im Keller der U-Bahn verschwunden. Robert Schmidt folgte ihm zu Fuß. Es ging mit der Linie 16 Richtung Bonn und an der Universität war Sven Klein dann ausgestiegen und hatte das Gebäude vom Atrium aus betreten. Regina Sturm hatte sich dann mit ihrem Kollegen per Handy kurzgeschlossen und angelte ihn am Koblenzer Tor wieder auf.

„Also ich habe ihn bis zum ersten Hörsaal verfolgt," fing Robert dann an, „und als er diesen betreten hatte bin ich etwas näher ran um zu sehen, was drinnen für ein Thema behandelt würde.

„Ja und?" fragte Regina Sturm neugierig.

„Ich denke der kommt vor heute Nachmittag nicht da raus, da läuft gerade die Abschlussklausur in Recht und Soziales, das dauert. Ich habe mal auf meine Schwester im Flur gewartet, die schrieb zufällig das Gleiche, also für mich wäre das nichts."

„Okay verstehe! Dann lass uns doch gerade mal zum Präsidium fahren, dann können wir etwas frühstücken und so in zwei Stunden fahren wir wieder her und sehen noch einmal nach."

„Ja gute Idee, also auf zum Präsidium!" sagte Robert Schmidt und schon waren sie auf dem Weg durch die Stadt.

Knappe zwei Stunden später standen die beiden Ermittler auch schon wieder mit ihrem Fahrzeug bei der Universität und Robert Schmidt war ausgestiegen und hatte das Gebäude betreten. Er ging einen der langen Flure entlang, bis er wieder zu dem Saal kam, in dem Sven Klein vor etwas mehr als zwei Stunden verschwunden war. Er horchte kurz an der Tür und konnte so feststellen, dass die Klausur noch im vollen Gange war. Dann versuchte er von außen vor dem Gebäude ein Fenster zu finden, von wo er Sven Klein würde sehen können. Das gelang ihm ganz gut und so ging er mit zufriedener Miene zurück zum Wagen und seiner Kollegin, die auf ihn wartete.

„Ja, wie ich schon vermutet hatte, der sitzt noch mitten in der Klausur", hatte er zu Regina gesagt.

„Okay, dann warten wir doch hier bis er sich wieder blicken lässt," sagte Regina zufrieden und schlug vor, dass sie sich mal gerade die Beine vertreten würde um für sich und den Kollegen einen Kaffee zu besorgen. Robert war sehr einverstanden damit und machte es sich im Auto so gut es ging bequem. Nach zehn Minuten etwas war Regina wieder zurück am Fahrzeug und stieg zu ihrem Kollegen in den Wagen. Sie genossen gemeinsam ihren Kaffee und unterhielten sich dabei.

Es war gerade zwölf Uhr als Sven Klein das Gebäude wieder verlassen hatte. Die beiden hatten ihn sofort wieder im Visier und dieses Mal hatte sich Regina dazu entschlossen mit in die U-Bahn zu steigen. Wie schon zu erwarten war, ging es mit der Linie 16 zurück nach Bad Godesberg. Klein stieg an der Wurzer Straße aus und lief gerade die Treppe hoch, um aus dem Untergrund zu kommen. Regina folgte ihm, immer mit genügend Abstand um nicht aufzufallen. Es ging weiter durch die Stadt bis zum Café Contrast. Dort ist Klein dann hinein und hatte sich an einen der zahlreichen Tische gesetzt. Regina konnte sehen, dass er sich etwas zu Essen bestellt hatte und nahm sich sofort ihr Smartphone zur Hand um sich mit ihrem Kollegen kurzzuschließen. Robert Schmidt parkte den Wagen dann vor dem Kino und kam zu Fuß zu Regina gelaufen. Sie wartete vor dem Mc Donalds Restaurant an der Ecke Koblenzer Straße. Dann näherten sich die beiden auf der Rückseite des Gebäudes wieder dem Café Contrast und setzten sich draußen an einem Platz unter dem Heizpils. Regina Sturm hatte kurz den Laden betreten und konnte Sven Klein in der Mitte des Restaurants, an einem Tisch auf der Empore, ausmachen. Gerade hatte man ihm etwas zu Essen gebracht.

Also ging sie wieder nach draußen zu ihrem Kollegen und sie tranken gemeinsam einen Cappuccino.

Den Kellner hatten sie sensibilisiert, dass er ihnen doch bitte Bescheid geben solle, wenn eine gewisse Person in Begriff war das Restaurant zu verlassen.

Der willigte ein und somit hatte sich die Lage etwas entspannt.

Sven Klein saß gemütlich und ziemlich zufrieden im Café Contrast. Er aß gerade eine Pizza und trank dazu Coke. Wieder hatte er mitbekommen, dass er wohl beschattet wurde.

‚Die stellen sich auch wirklich blöd an', dachte er sich, ‚oder die machen das wirklich extra, dass ich sie jedes Mal dabei erwische, wenn sie mich beschatten.' Er schmunzelte vor sich hin und lies sich nicht aus der Ruhe bringen. Genüsslich aß er weiter und machte sich keine Sorgen um den restlichen Tag. Nachdem er mit dem Mahl fertig war, zahlte er und machte sich durch den vorderen Eingang wieder raus aus dem Laden. Er ging nun entlang der Koblenzer Straße weiter bis zum Telekomshop. Dort ging es weiter durch die Fußgängerzone bis hoch zur Fronhofe Galerie. Er betrat das Gebäude und ging hoch in die erste Etage, um dort ins Fitnesscenter zu gelangen. Heute war Sport angesagt, außerdem wollte er in die Sauna gehen um etwas zu entspannen. „Bin doch mal gespannt, wann die den Toten finden?"

sagte er zu sich und stand dabei gerade vor einem der großen Spiegel mit zwei Hanteln in den Händen, dabei grinste er sich selber ins Gesicht.

Nachdem Sven Klein den Sport und den Saunagang abgeschlossen hatte, machte er sich zu Fuß auf den Weg nach Hause!

Plötzlich klingelte sein Telefon und er wunderte sich sehr darüber, denn nie wurde er angerufen, außer eventuell Mal von seiner Mutter.

Er sah aufs Display seines Handys und erblickte eine Bonner Nummer: „Naja vielleicht sind es ja die Bullen", sagte er sich und nahm das Gespräch an.

„Sven Klein!"

„Klein! Gut, dass ich Dich erreiche", meldete sich eine Stimme.

„Ja und, Sie wünschen?", antwortete Klein etwas irritiert.

„Ich habe dein Messer mit der abgebrochenen Klinge gefunden!", kam es aus dem Telefon.

„Messer? Abgebrochene Klinge? Ist bei Ihnen noch alles in Ordnung?", konterte Sven Klein.

„Ja, das hast du doch, nachdem du das alte Ehepaar im Park an der Redute gekillt hast, fortgeworfen, weil dir das Ding beim Mord an dem Mann abgebrochen ist. Und sage mir nicht, du weißt nichts davon!"

Sven Klein schluckte kurz und versuchte cool zu bleiben.

„Keine Ahnung was Sie meinen", sagte er nur und brach das Gespräch einfach ab.

Es hatte nicht lange gedauert, da meldete sich sein Handy erneut und er nahm das Gespräch wieder an.

„Und glaube ja nicht, dass du mich verarschen kannst mein Freund. Ich habe dich bei den Eiern, und wenn du nicht machst, was ich dir sage gehe, ich mit all meinem Wissen zur Polizei."

„Sie können machen, was Sie wollen mit Ihrem „Wissen"! Haben Sie das Gefühl, Sie könnten mich veräppeln? Oder meinen Sie eventuell ich sei dumm? Na, da muss ich Sie leider enttäuschen, versuchen Sie nicht mich zu erpressen, dass würde Ihnen nicht gut bekommen. Ich werde schnell herausbekommen, wer Sie sind, und dann werde ich Ihnen in Ihren Hintern treten, ist das klar?", antwortete Klein und war dabei leicht erregt.

„Du kannst mich vollquatschen, wie du möchtest aber das ändert nichts an der Tatsache, dass du ein verdammter Killer bist und ich werde dich der Polizei melden, wenn ich das für angemessen halte, mein Lieber. Glaubst du eigentlich ich hätte von deinem letzten Mord, oben im Wald hinter dem Wachtbergcenter, nichts mitbekommen? Da muss ich dich leider enttäuschen. Ich habe alle deine Morde mitbekommen, und ich habe von allen auch Fotos, die dich bei deinen bestialischen Akten zeigen. Ich gebe dir jedoch eine Chance, dass ich dich nicht verrate. Allerdings, wenn du diese nicht wahrnimmst bist du am Arsch, mein Freund!"

Sven Klein schluckte erneut!

Wer um Gottes Willen war dieser Arsch und warum wusste er so gut über ihn Bescheid, hatte er sich in Gedanken gefragt.

„Ach so, Klein, nur damit du es weist, ich kenne dich besser, als du denkst! Ich weiß, wo deine Mutter wohnt, ich weiß wer dein Vater war und ich weiß auch, wie du ihn geliebt hast und deiner Mutter immer noch Vorwürfe machst, dass sie schuld an dessen Tod ist! Wie gesagt, ich gebe dir genau eine Chance, greife sie oder lass es bleiben, mir ist das völlig egal, ich werde dich stoppen!"

„Okay ist gut," sagte Sven Klein:" Okay ist gut, was zum Teufel wollen Sie von mir?"

„So gefällst du mir schon viel besser, mein Freund!" antwortete der Unbekannte.

„Ich mache dir nun einen Vorschlag und ich kann dir nur sagen, überlege dir gut was du zu tun gedenkst! Ich schlage dir vor, dass du mir 150 tausend Euro besorgst! Du hast ja mehr als diesen Betrag von deinem Vater, Gott habe ich selig, geerbt! Also erzähle mir nichts von, ich habe doch kein Geld oder so. Besorge mir die Kohle und du kannst dich freikaufen. Ich werde dafür alle Beweise die ich in den letzten Wochen gesammelt habe, löschen und tun als hätte ich dich nie gesehen! Na was haellst du von diesem Vorschlag, Junge?"

„150 tausend Euro? Sind sie bekloppt? Wie soll ich an diese Summe kommen? Meine Mutter verwaltet dieses Geld, da komme ich doch nicht dran? Wie haben Sie sich das vorgestellt?" Sven Klein war nun wirklich angespannt und schwitzte am ganzen Körper. Gerade betrat er das Wohnhaus auf der Deutschherren Straße und schloss die Tür hinter sich.

„Ach Klein, du musst deiner Mutter doch nur erzählen, dass du erpresst oder bedroht wirst und sie wird dir die Kohle sofort überweisen oder dir anders übergeben. Glaube mir, ich kenne sie sehr gut, sie würde alles für dich tun, im Gegensatz zu dir. Also komme mir nicht mit irgendwelchen Ausreden, mach, dass du bis nächsten Donnerstag das Geld besorgst und du bist mich los!" Dann hatte der Unbekannte aufgelegt.

Sven Klein kochte gerade vor Wut. Konnte es wirklich sein, dass ihn die ganze Zeit jemand beobachtet hatte, ohne das er etwas davon mitbekommen hatte? Und wie hatte derjenige das wohl angestellt? „Hier stinkt doch etwas gewaltig", sagte er zu sich. „Ich darf jetzt nicht kopflos reagieren, schön die Ruhe bewahren und klare Gedanken fassen!"

Er betrat seine Wohnung und schloss die Tür sofort ab. Wie konnte der Typ so gut über ihn Bescheid wissen? Wer war er? Warum kannte er seine Eltern so gut, wie er sagte? Was spielte er für eine Rolle in deren Leben?

Nach ein paar Stunden des Kopfzerbrechens hatte sich Klein unter die Dusche gestellt und danach auf seine Couch gelegt, um zur Ruhe zu kommen.

Wieder meldete sich sein Handy. Er schaute auf die Uhr es war 22:30.

„Sven Klein!"

„Ach so, Klein, ich hatte noch etwas vergessen", meldete sich die gleiche Stimme wie schon vorher. „Das Messer habe ich natürlich nicht gereinigt, bevor ich es in eine Plastiktüte gewickelt habe, nur damit du nicht auf falsche Gedanken kommst! Ich wünsche eine gute Nacht!" Und schon hatte der Unbekannte das Gespräch auch schon wieder beendet.

„Wer in Gottes Namen ist das nur? Wenn ich den erwische, schneide ich ihm sofort den Schädel von seinen Schultern, dass schwöre ich!" Klein kochte wieder vor Wut. Er ging an den kleinen Schrank im Badezimmer und nahm sich dort eine Rasierklinge heraus. Dann stellte er sich ans Waschbecken, hielt seinen linken Arm darüber und fing mit der rechten an, sich kleine Schnitte über den Unterarm zu ritzen. Es fing sofort an zu bluten und das warme Nass lief ihm an der Hand runter und tropfte ins Becken. Sofort ließ seine Anspannung etwas nach. Nach einigen Schnitten hörte er auf und schmiss die Klinge in den kleinen Mülleimer unter dem Waschbecken. Er schnappte sich eine Rolle Toilettenpapier und wickelte sich das teilweise um den angeritzten Unterarm. Dann knipste er das Licht im Bad aus und warf sich auf seine Pritsche vor dem Fernseher und schlief nach kurzer Zeit auch ein.

Es war mittlerweile 23 Uhr und Tom Bauer stand zusammen mit Lutz Groß wieder einmal unmittelbar vor dem Haus in der Deutschherren Straße. Sie hatten vor kurzem noch mitbekommen, dass Sven Klein mit dem Telefon in der Hand auf dem Weg in seine Behausung war. Er schien leicht aufgeregt zu sein, doch mehr war aus dem Wagen nicht zu erkennen gewesen.

Gerade wollte Tom einen Schluck an seinem Kaffeebecher nehmen, als sich sein Smartphone meldete.

„Hey Tom, ich bin es Sabine!" kam es von der anderen Seite.

„Ach, Sabine, wie geht es dir? Warum rufst du so spät noch an? Kannst du nicht schlafen?"

„Doch, alles OK, ich wollte nur mal nachhören, wie es dir geht und ob du heute von dem Leichenfund gehört hast?"

„Leichenfund? Wie? Was? Wann hat man eine Leiche gefunden?" Tom war völlig außer sich.

Auch sein Kollege auf dem Beifahrersitz schüttelte den Kopf. „Was fuer eine Leiche?", fragte er nur.

„Ja heute am Nachmittag hatte man mich angerufen. Da hatte eine junge Frau oben in Wachtberg, hinter dem Einkaufscentrum im Wald, eine Leiche entdeckt! Diese haben wir dann sichergestellt und der Tatort wurde großräumig abgesucht. Da hatte jemand wohl mal wieder Spaß daran, eine üble Szene aufzubauen."

„Und wieder einmal gab es einen Einstich in der rechten Brusthälfte, ach nein, sorry, es waren zwei Einstiche!"

„Zwei Einstiche? Ich verstehe nur Bahnhof.", sagte Tom. „Ich bin echt gerade etwas überfordert. Wieso hat uns keiner darüber informiert, frage ich mich?"

„Ja, zwei Einstiche, der Täter hatte mit dem ersten Stich eine der Rippen erwischt, dann die Klinge wohl wieder herausgezogen und erneut zugestochen, dabei traf er dann mitten ins Herz und der ganze Spuk war vorbei. Er hat dann im Nachhinein den Toten mit dessen eigenem Gürtel an einen Baum fixiert, man hatte das Gefühl, so als würde er den Vögeln lauschen. Interessant war dieses Mal, dass sämtliche

Einkäufe des Toten, die er wohl vorher im Einkaufscentrum getätigt hatte, um ihm herum auf dem Boden angerichtet waren. Es sah schon fast „schön" aus, wenn es nicht gleichzeitig so schrecklich wäre!"

„Also du denkst es war der selbe Täter?" fragte Tom nach.

„Ja, also nach den Wunden zu urteilen, und wieder unterm Rippenbogen durch ins Herz, ja das war der selbe Täter, da bin ich mir recht sicher!" antwortete Sabine.

„Okay, danke Sabine, danke, dass du angerufen hast, bis die Tage, ciao!"

Tom hatte das Gespräch beendet.

„Ja dann hat sich ja unser Nachteinsatz soeben erledigt, lieber Lutz! Hast ja gehört, es gibt eine weitere Leiche und Klein kann es ja wohl nicht gewesen sein, wir waren doch die ganze Zeit im Wechsel hier vor seinem Haus. Komm, lass uns abrechen, ich fahre dich nach Hause und wir sehen uns morgen im Büro wieder."

„Ja, da hast du wohl Recht, einverstanden Tom lass uns fahren. Ich rufe gerade mal bei den anderen durch und sage die ganze Sache hier ab, nicht, dass die nachher hier vor der Tür stehen und uns suchen!" schlug Lutz vor.

Tom nickte ihm zustimmend zu und startete den Wagen.

Am nächsten Tag im Büro blieb Tom Bauer erst einmal vorne bei der Bereitschaft stehen um ein paar Dinge zu klären.

„Guten Morgen Jungs," fing er an.

„Guten Morgen", kam es geschlossen zurück.

„Kann mir eventuell einer von Euch sagen, wann der Anruf reinkam, dass man wieder eine Leiche oben in Wachtberg gefunden hat?" fragte Tom dann.

Erst antwortete keiner, dann kam Peter Stein zu Tom an die Theke.

„So um 10 Uhr gestern Morgen, wieso?"

„Warum wurde ich nicht darüber informiert, würde ich gerne wissen? Ihr seid doch alle über den Fall informiert und ihr habt doch klare Anweisungen dazu erhalten, oder nicht?" Tom wurde etwas lauter.

„Also, ich bin erst seit einer Woche hier in dieser Dienststelle und mir hat niemand etwas gesagt oder mitgeteilt!" erwiederte Peter Stein.

„Leute! Wieso weiß Peter nicht Bescheid? Was ist hier los? Das geht so nicht, wir müssen uns aufeinander verlassen können!"

„Entschuldigen Sie, Herr Bauer, wie gesagt ich wusste von nichts!" fügte Stein noch hinzu.

„Klar, kein Thema, ist schon Okay, dann wissen Sie jetzt eben beim nächsten Mal, was zu tun ist! Danke für Ihre Ehrlichkeit."

Tom gin in sein Büro und setzte sich vor seinen Computer.

Es war sieben Uhr und Sven Klein war soeben aufgestanden und hatte sich im Bad frisch gemacht, um sich dann für die Uni anzuziehen. Da klingelte sein Handy auch schon wieder. Er lief ins Wohnzimmer und nahm das Teil in die Hand.

„Sven Klein, guten Morgen."

„Hallo Sven," sagte wieder eine Stimme, die Sven nicht zuordnen konnte. „Na, gut geschlafen?"

„Was soll diese blöde Frage? Wer sind Sie?" Klein war sofort wieder auf hundert.

„Ich wollte dich nur noch einmal an unser Gespräch von gestern erinnern, nicht dass du denkst, es sei ein Spaß gewesen!" sagte der Unbekannte. „Ich hoffe, dass du diese Sache sehr ernst nimmst, sonst wird es sicher nicht mehr lange dauern und du sitzt für eine ziemlich lange Zeit hinter Gittern, mein Freund!"

Und schon hatte der Anrufer wieder aufgelegt.

Sven Klein kochte vor Wut, wusste gleichzeitig aber auch nicht, was er gerade tun sollte! Er versuchte sich zu beruhigen und zog erst einmal seine Klamotten an, um nicht zu spät zur Universität zu kommen. Als er dann auch seinen Rucksack mit diversen Büchern bepackt hatte, machte er sich erst einmal auf den Weg in die Stadt.

Er saß gerade in der Linie 16, als die Gedanken in seinem Kopf immer schlimmer wurden.

„Was, wenn der Typ dich wirklich belauscht oder gesehen hat? Was, wenn der ernst macht und zur Polizei geht? Ich muss unbedingt mit Mutter telefonieren!" ging es ihm durch den Schädel.

Am Juridikum stieg er aus der U-Bahn aus und lief das letzte Stück bis zur Uni, um etwas frische Luft tanken zu können. Kurz darauf war er an seinem Ziel angekommen und war im Begriff den Hörsaal zu betreten, als erneut sein Handy klingelte.

„Was ist jetzt noch?" schrie er etwas unbeholfen in den Hörer, ohne darauf zu achten, welche Nummer auf dem Display stand.

„Hallo Herr Klein, ich bin es Tom Bauer, Polizei Bonn! Alles in Ordnung mit Ihnen?"

„Ach Sie sind es, sorry, ich war gerade etwas abgelenkt! Ja, alles gut soweit!"

Tom konnte das Zittern in Kleins Stimme hören.

„Wirklich alles okay? Brauchen Sie Hilfe?", fragte er weiter.

„Nein, alles gut, danke der Nachfrage, war nur gerade etwas gereizt! Ist schon in Ordnung. Was gibt es? Warum rufen Sie an?"

„Ich wollte eigentlich nur wissen, wie es Ihnen geht? Und ob das zwischen Ihnen und Ihrer Mutter etwas besser geworden ist? Sonst nichts!"

„Ja, ja, da ist alles soweit okay, außerdem geht Sie das reichlich wenig an, Herr Bauer!" antwortete Klein auf diesen Satz.

„Na, ist ja schon gut. Dann wünsche ich noch einen erfolgreichen Tag, Tschüss Herr Klein."

Und schon war das Gespräch beendet. Sven Klein stand mit hochrotem Kopf vor der Tür zum Hörsaal und atmete mehrmals tief durch, um wieder ein normales Level zu erreichen, dann öffnete er die Tür und betrat den Saal.

Kaum saß er am Tisch, erhielt er eine SMS auf seinem Handy: „150 Tausend Euro, denke daran, Freundchen!" stand auf dem Display und Klein raste innerlich vor Wut. Doch er musste sich zusammen reißen, er schaltete das Gerät komplett aus und warf es in seinen Rucksack. Dann versuchte er sich auf die Vorlesung zu konzentrieren.

Von den Nachrichten per SMS waren noch etliche mit dem gleichen Wortlaut an ihn gesendet worden, das hatte Klein gesehen, als er nach der Uni über den

Campus lief und sein Handy wieder einschaltete. Am liebsten hätte er das Teil gegen eine Wand geschmissen, aber damit war das Problem natürlich nicht vom Tisch. Er setzte sich auf eine der vorhandenen Bänke im Park, nahm sein Telefon zur Hand und wählte die Nummer seiner Mutter.

Es dauerte etwas, dann wurde das Gespräch angenommen.

„Renate Klein hallo!", sagte eine Stimme.

„Hallo Mama ich bin es Sven", antwortete er.

„Ach, hallo Junge, schön dass du anrufst. Wie geht es dir?", freute sich seine Mutter.

„Mama, kann ich dich besuchen kommen? Ich würde gerne etwas mit dir besprechen!"

„Klar kannst du, ich freue mich doch, wenn du kommst! Wann wirst du hier sein?"

„Ich denke, so in einer halben Stunde etwa, ist das okay?"

„Ja das ist prima, also bis gleich, mein Sohn, ich erwarte dich!", kam es aus dem Hörer.

Dann war das Gespräch auch schon vorbei und Sven Klein war zu Fuß auf dem Weg über die Kennedy-Brücke rüber nach Bonn-Beuel um seine Mutter aufzusuchen.

Es war viertel nach fünf. Tom Bauer war gerade im Begriff seinen Computer auszuschalten um dann mit dem Wagen noch kurz bei Sabine Heinrichs in der Gerichtsmedizin vorbeizufahren. Er hatte sie vorher angerufen und sich mit ihr verabredet.

Als er sich dann von seinen Kollegen verabschiedet hatte, ging er runter in die Tiefgarage und setzte sich in seinen Wagen. Es war immer noch das Ersatzfahrzeug vom Autohaus, da Toms Wagen ja bei dem Unfall einen Totalschaden erlitten hatte und er auf sein neues Fahrzeug nun noch etwas warten musste.

Es hatte etwa zehn Minuten gedauert, da stand er auch schon vor der Gerichtsmedizin am Stiftsplatz und klingelte gerade an der Tür.

Er betrat das Gebäude und begrüßte Sabine Heinrichs, die oben an der Treppe auf ihn wartete.

„Na Bienchen, alles gut bei dir?", fragte er und drückte sie kurz an sich.

„Ja alles prima! Kann nicht klagen", antwortete sie.

„Sag, was kannst du mir zum letzten Opfer sagen?", fragte Tom dann.

„Also anhand seiner Papiere, die er alle bei sich trug, weiß ich, dass er Gustav Müller heißt und oben in Holzem auf dem Heidegartenweg gewohnt hat."

„Ja gut und weiter?", Tom war neugierig.

„Als ich ihn dann hier auf dem Tisch weiter untersuchte, konnte ich diverse Hämatome auf dem Gesäß und am Rücken der Leiche feststellen. Des Weiteren waren seine Hände mit Lehm beschmiert, welcher sich auch unter seinen Fingernägeln befand."

„Soll heißen?"

„Naja meiner Theorie nach, ist er rücklings zu Boden gestürzt und hat versucht sich wiederaufzurichten, darum der Lehm an den Händen und unter den Nägeln. Der Täter ist ihm dann wohl zuvorgekommen. Er hat sich auf ihn gestürzt, deshalb auch die dicken Hämatome auf seinen Oberschenkeln, die sicher von den Knien des Täters herrühren. Dieser hat dann ganz sicher eine Hand auf das Gesicht seines Opfers gedrückt und mit der anderen zweimal zugestochen. Und schon muss es vorbei gewesen sein. Und wir haben wieder nicht einen Fingerabdruck, der Kerl hat sicher Gummihandschuhe oder ähnliches getragen. Keine Spur, nicht die geringste! Da geht jemand sehr präzise und vorsichtig vor."

„Was für ein Mist! Da führt uns einer ganz schön an der Nase herum, habe ich das Gefühl! Fünf Morde in den letzten knapp zwei Monaten, das muss aufhören!", sagte Tom nur und klang dabei sehr unzufrieden.

„Am Anfang dachte ich noch", so Tom weiter „dass alles miteinander eine Verbindung hätte, alleine schon, dass alle in der Pflegeeinrichtung in Bad

Godesberg wohnten. Doch jetzt? Ich habe keine Idee, was wir machen könnten! Und Sven Klein, unser erster Verdächtiger, ist mir nicht verdächtig genug. Wir wissen eigentlich nur das er immer dunkel gekleidet ist, aber sonst kann man ihm auch nichts nachweisen. Ich habe das Gefühl, wir bewegen uns im Kreis!"

Tom schüttelte planlos den Kopf und setzte sich auf einen der Stühle in Sabines Büro.

Sven Klein war vor seinem Elternhaus in Bonn-Beuel angekommen. Er nahm seinen Schlüssel zur Hand und schloss die Tür auf, drinnen nahm ihn seine Mutter, die ihn schon erwartet hatte, in Empfang und freute sich sichtlich, dass er da war.

Sie nahm ihm seinen Mantel und die Mütze ab und legte alles auf die Garderobe im Eingangsbereich, dann betraten die beiden gemeinsam die große Bibliothek. Sie setzten sich an den Tisch, auf dem schon Kaffee und Gebäck bereitstand.

„Nun mein Sohn, was willst du mit mir besprechen?", fragte Renate Klein und bot ihrem Sohn einen Kaffee an.

Sven Klein fing an zu reden und seine Mutter hörte ihm interessiert zu.

„Mutter, ich werde erpresst", sagte er.

Renate Klein sah etwas ängstlich aus, doch unterbrach sie ihn nicht.

„Ich werde erpresst und ich weiß nicht wer es ist. Ich bekomme immer nur Anrufe und höre eine männliche Stimme, die ich aber nicht zuordnen kann. Der will 150 tausend Euro von mir haben und er sagt er würde dir sonst etwas antun, wenn ich ihn nicht bezahle!"

„Sven, wir müssen zur Polizei gehen!", das Gesicht von Sven Kleins Mutter war mit Sorge gezeichnet.

„Nein, keine Polizei Mutter! Der tut dir sonst etwas an, keine Polizei!", erwiderte Sven. „Wir müssen ihm geben, was er verlangt, bevor noch ein Unglück passiert, Mutter, ich will nicht noch jemanden beerdigen müssen!", jammerte Sven Klein gekonnt weiter.

„Mein Junge, aber wie sollen wir das nur machen, die Gelder sind doch alle auf Jahre festgelegt? Wir kommen da nicht so einfach dran!"

„Dann musst du eben mit der Bank sprechen Mutter! Die müssen uns einfach helfen, Mutter, bitte!", flehte Sven Klein.

„Schon gut, ich werde sehen was ich tun kann und melde mich dann bei dir, okay?", antwortete seine Mutter.

„Ja, danke Mutter, aber lass dir nicht zu lange Zeit dafür, er hat mir ein Ultimatum gesetzt und das endet am Mittwoch!", fügte Sven noch hinzu.

„Mittwoch? Junge, das ist übermorgen! Wie soll ich das anstellen? Ach du lieber Gott! Was machen wir nur? Sollen wir nicht doch......."

„Mutter, keine Polizei, bitte keine Polizei, das wird nicht gut gehen!", flehte Sven Klein wieder.

„Ja, ist gut Junge, ich habe verstanden, keine Polizei. Ich werde mich sofort darum kümmern, versprochen!", antwortete Renate Klein. Dann verabschiedete sich Sven von seiner Mutter, und das erste Mal nach langer Zeit, hatte er seine Mutter an sich gedrückt und sich bei ihr bedankt. Er verließ das Haus und machte sich auf den Weg nach Bad Godesberg.

Als er in der Linie 66 saß, hatte er noch mehrere SMS mit einer Erinnerung erhalten, die er aber ignorierte mit dem Gedanken daran, dass seine Mutter schon alles einfädeln würde.

‚Nur nicht aus der Ruhe bringen lassen', dachte er noch und löschte sämtliche Nachrichten auf seinem Handy.

Später, als er vor seiner Haustür stand, war ihm sofort aufgefallen, dass jetzt kein Auto mehr in der Nähe des Hauses stand.

„Ach, haben die die Leiche gefunden, oder was? Prima, gut für mich, habe ich erst einmal etwas Ruhe vor denen!" sagte Klein zu sich und betrat das Haus in dem er wohnte. Auch seine Stimmung wurde in diesem Moment etwas besser.

Es war gerade 20 Uhr. Tom Bauer saß zu Hause in seinem kleinen Büro und grübelte über den Fall nach. Er hatte sich alle Notizen, die er in der letzten Zeit gemacht hatte, noch einmal herausgesucht und sich die Akte mit nach Hause genommen, um diese mal in Ruhe zu studieren. Nichts hatte er finden können, was einen Hinweis auf den Täter geben könnte. Spurenmäßig war alles ein Desaster. So etwas hatte er in seiner ganzen Zeit bei der Polizei noch nicht erlebt! Trotzdem gab er nicht auf, auch noch nach der „Nadel im Heuhaufen" zu suchen.

Als all das keinen Sinn ergab, fällte er einen Entschluss: er wollte nun doch noch einmal zur Deutschherrenstraße fahren und das Haus, in dem Sven Klein wohnte, näher untersuchen.

„Eventuell gibt es ja einen zweiten Eingang oder so etwas?", sagte er sich. „Das werde ich gleich morgen früh herausfinden!"

Dann machte er Feierabend und setzte sich zu seiner Evelyn runter ins Wohnzimmer um den restlichen Abend mit ihr zu genießen, hatte er doch in den letzten Tagen, so wenig Zeit mit ihr verbringen können.

Dienstagmorgen, Sven Klein stand gerade in der Dusche, als sich mal wieder sein Handy meldete. Er ignorierte es und duschte sich erst einmal fertig. Nachdem er sich abgetrocknet und angezogen hatte, ging er in die Küche und stellte den Wasserkessel auf den Herd, um sich einen löslichen Kaffee zu machen. Wieder klingelte sein Handy.

„Sven Klein, hallo?", sagte er kurz.

„Hallo Sven, ich bin es deine Mutter!", kam es aus der Leitung.

„Ach, Mutter du, ja was gibt es denn? Und was ist das für eine Nummer, unter der du mich anrufst?", fragte er nach.

„Ach, entschuldige bitte, ich habe mir ein Seniorenhandy zugelegt. Dazu hat mein Arzt mir geraten, außerdem hat es einen Notknopf, den ich nur zu drücken brauche, wenn es mir mal schlecht geht. Ist doch ganz praktisch und ich bin besser erreichbar, auch für dich."

„Ja da hast du wohl Recht, ist eine gute Investition", antwortete Sven.

„Du, ich gehe jetzt gleich auch zur Bank, ich habe gestern Abend, weil es mir keine Ruhe gelassen hat, deinen Onkel Theo angerufen."

„Onkel Theo, warum?"

„Junge! Er ist doch gleichzeitig mein Bankberater und das schon seit vielen Jahren, ich vertraue ihm sehr. Ich habe ihn also angerufen und ihm gesagt, dass ich unbedingt 150 Tausend Euro brauche und das sehr schnell. Er hat ohne lange zu zögern gesagt, dass ist überhaupt kein Problem, komm einfach morgen in die Bank und wir regeln die Formalitäten!"

„Oh Mama, danke! Das werde ich dir nie vergessen! Danke!" Sven klein schien tatsächlich sehr erfreut zu sein.

„Okay, das wollte ich dir nur sagen, damit du dir nun erst mal keine Sorgen mehr machen musst. Wir telefonieren später noch einmal, bis dann, tschüss." Und schon hatte Renate Klein aufgelegt.

Sven Klein machte sich dann in aller Ruhe für die Universität fertig und war im Begriff das Haus zu verlassen. Noch einmal meldete sich sein Handy, er schaute auf das Display, es war wieder diese Bonner Nummer, er nahm das Gespräch an.

„Sven Klein, Guten Tag!"

„Na Bursche, ich hoffe du nimmst unsere Sache noch ernst, sonst fährt dein Zug morgen in eine andere Richtung! Wenn du verstehst was ich meine!", sagte die unbekannte Stimme mit einem herrischen Tonfall.

„Ja, ist ja gut, Sie bekommen doch ihr Geld!", erwiderte Sven Klein nur und beendete dann das Gespräch einfach mit dem Druck auf seine rote Taste. Er hatte keine Lust mit diesem Arsch zu sprechen, er musste sich auf seine kommende Klausur konzentrieren und machte sich dann auf den Weg.

Gerade war Tom Bauer zu Hause losgefahren mit dem Ziel, schnell einen Abstecher über die Deutschherrenstraße zu machen. Dort angekommen parkte er seinen Wagen direkt unmittelbar neben dem Gebäude, in dem Sven Klein wohnte. Er stieg aus und schaute sich das Gebäude näher an.

Er ging rechts am Haus vorbei, runter durch den Garten in den hinteren Bereich des Gebäudes. Was er dann auf der Rückseite zu sehen bekam, haute ihn doch fast aus den Schuhen. Da war doch tatsächlich ein Hintereingang im Gebäude, als wenn er es sich gewünscht hätte.

Tom schüttelte nur den Kopf und lies den Gedanken dann freien Lauf. Konnte es wirklich sein, dass dieser Junge sie an der Nase herumführte? War er tatsächlich, als sie vor dem Haus standen, hier hinten raus, um oben in Wachtberg einen Mord zu begehen und dann auf dem gleichen Weg wieder zurückzukommen? Er wollte sich das nicht weiter ausmalen, denn dann musste er sich und seinem Kollegen die Schuld am letzten Mord vorwerfen, weil sie nicht intensiv genug ihre Arbeit getan hätten.

‚Mann, wenn das wirklich so gewesen ist, haben wir echt ein Problem', dachte er noch, als er den schmalen Weg entlanglief, der vom Haus runter durch die Wiese bis auf die nächste Querstraße führte.

‚Theoretisch könnte es so gewesen sein, praktisch können wir ihm nichts beweisen', dachte Tom weiter. ‚So ein Mist aber auch, ich werde noch bekloppt!'

Dann ging er auf dem gleichen Weg zurück, oben am Haus vorbei und zu seinem Wagen. Er stieg ein und fuhr Richtung Bonn ins Büro.

Dort angekommen, merkte er sofort, dass etwas im Gange war. Zwei Kollegen standen vor dem Verhörraum in seinem Flur und auch vorne bei der Bereitschaft war alles in Aufregung.

Tom ging sofort zu Regina Sturm ins Büro, sie war jedoch nicht anwesend. Dann ging er wieder vor zur Bereitschaft.

„Moin, hört mal, wo ist Regina? Sie ist nicht in ihrem Büro?"

„Ah guten Morgen Tom", begrüßte ihn ein Kollege, „die ist im Verhörraum. Da ist heute Morgen so ein junger Kerl reingekommen, der behauptet die Morde an den älteren Leuten begangen zu haben!"

„Was? Wieso hat mir wieder keiner Bescheid gegeben? Was läuft denn hier?" Tom war sauer, er ging sofort rüber zum Verhörraum und betrat den Raum der direkt davorlag. Lutz Groß und Cornelia Schwarz standen auch schon dort vor der getönten Scheibe und belauschten das Verhör aus dem Nachbarraum.

„Hey Leute, was ist denn hier los?" fragte Tom leise.

In diesem Moment betraten auch Peter Schuh und Robert Schmidt den Raum.

„Ja dieser Kerl kam heute Morgen in die Wache und sagte er, sei der Mörder in unserem aktuellen Fall. Die Kollegen haben ihn dann sofort festgenommen und in den Verhörraum gesetzt. Seitdem ist auch Regina drinnen um alles aus ihm heraus zu bekommen!", hatte Cornelia Schwarz geantwortet.

„Okay", war alles, was Tom antworten konnte, dann lauschte auch er dem Gespräch im Nachbarzimmer.

Das ganze Spiel hatte nun schon fast zwei Stunden gedauert, da platzte Tom der Kragen. Er lief aus dem Nebenraum und war kurz darauf im Zimmer bei Regina Sturm und dem vermeintlichen Täter. Erst schaute er sich den Typ nur an, dann setzte er sich zu Regina an den Tisch und übernahm das Wort, Regina war natürlich einverstanden. Sie kannte Tom schon so lange und wusste, wenn einer etwas aus dem gegenüber rausbekommen konnte, dann er!

„Sagen Sie mir ihren Namen!", begann Tom.

„Andreas Malotzky", war die Antwort.

„Sie wohnen?", ging es statisch weiter.

„In Niederbachem, Taubenweg 31."

„Was machen Sie beruflich, Herr Malotzky?"

„Ich bin arbeitslos und jobbe mal hier mal da!"

Dann fing Tom an über die Morde zu sprechen und die Fragen wurden gezielter.

„Warum haben Sie Heinrich Wolf getötet?", fragte er weiter.

„Heinrich wer?"

„Warum musste Dietrich Sommer sterben?"

„Keine Ahnung wovon Sie reden!" antwortete Malotzky.

„Ah! Sie wissen nicht wer die zwei sind? Okay, dann erzählen Sie mir doch mal von den Morden, die Sie begangen haben wollen!", forderte Tom ihn dann weiter auf.

Dann überlegte Malotzky eine Weile und fing plötzlich zu erzählen an.

„Also der erste Mord war eigentlich ganz einfach. Der alte Mann war da oben in Ließem beim Spazieren und ich habe ihn dann erst eine Weile verfolgt! Dann bin ich näher ran und habe ihm gleich von hinten mein Klappmesser in den Rücken gerammt. Er fiel sofort zu Boden, ich stürzte mich auf ihn und habe dann mehrmals wieder zugestochen, bis er still liegen blieb, mann, hat das geblutet, sag ich Ihnen!"

Tom schaute Malotzky nur gelangweilt an, blickte dann zu Regina und musste dabei etwas schmunzeln.

„Sie sind also ein knallharter Killer?", fragte er weiter.

„Ja, anscheinend bin ich das!", antwortete Malotzky.

„Herr Malotzky, Sie wissen schon, dass dies hier kein Spiel ist oder?", wurde Tom nun sehr ernst.

„Ist mir schon klar", sagte dieser nur.

„Ja und warum erzählen Sie uns hier diesen Mist?"

„Weil es so gewesen ist! Bitte sperren Sie mich ein, bevor noch mehr passiert!"

Tom hatte nichts mehr zu sagen, er stand auf und ging aus dem Raum. Malotzky schaute ihm fragend hinterher.

Tom ging nach vorne zur Bereitschaft.

„Du Peter", fing er an „ich habe da eine tolle Aufgabe für dich!"

Peter Stein gesellte sich zu Tom Bauer an die Theke.

„Ja? Was ist denn?", fragte er Tom.

„Kannst du dir bitte die Nummer von der Psychiatrischen Klinik in Hürth raussuchen? Dann rufst du dort an und bittest darum uns doch einen Wagen zu schicken um hier auf dem Präsidium jemanden abzuholen!"

„Ja klar, mache ich sofort, kein Thema."

„Ach so, bevor ich es vergesse, die sollen bloß an eine „Jacke" denken, ich denke der Typ ist unberechenbar!"

„Wird sofort erledigt, Herr Bauer, bin schon dabei."

„Danke, Peter!", erwiderte Tom und machte sich wieder auf den Weg in den Verhörraum. Dort setzte er sich wieder an den Tisch zu Regina Sturm und flüsterte ihr etwas ins Ohr. Sie nickte sofort zufrieden und verließ dann den Raum.

„Herr Malotzky", fing Tom dann wieder an „wir haben gerade ein paar Dinge zu besprechen, dann werden wir uns wieder um Sie kümmern, ist das okay für Sie?"

„Ja, ist okay, ich warte", antwortete dieser.

Dann war auch Tom wieder aus dem Raum verschwunden. Er ging gleich in den Nachbarraum und schaute sich mit seinen Kollegen den gegenübersitzenden Malotzky noch eine Weile an.

„Armer Kerl", sagte Tom „was bewegt einen Menschen dazu eine solche Aussage zu machen? Der ist ja völlig verwirrt! Was ist nur mit den Menschen los? Ich begreif es nicht."

Auch seine Kollegen waren sprachlos, und alle wussten, dass kann nicht der gesuchte Täter sein.

Dann nach etwa einer Stunde hatte sich zwei Jungs von der Hürther Klinik vorne am Empfang gemeldet. Man führte sie dann in den Verhörraum zu Malotzky, der sofort ausflippte. Zum Glück war dieser mit einer Handschelle am Tisch fixiert, so dass er nicht allzu viel Gegenwehr aufbringen konnte. Man hatte ihn schnell in eine Zwangsjacke gepackt und schon wurde er ruhiger. Einer der Pfleger hatte ihm ein Beruhigungsmittel gespritzt, dann ließ er sich ziemlich entspannt abführen. Kaum hatte die beiden den Patienten in den Transporter gesetzt, hatten sie auch schon den Wagen gestartet und fuhren los.

Dann wendete sich Tom erneut an seine Kollegen in der Bereitschaft. Er ging nach vorne am Empfang vorbei und setzte sich auf einen freien Stuhl inmitten seiner Kollegen.

„Freunde, und jetzt noch einmal zu uns", begann er ganz ruhig aber bestimmend. „Wenn in den nächsten Tagen irgendetwas im aktuellen Fall passiert, soll heißen, Anrufe von Zeugen, Meldungen über Aktivitäten und und und, dann wird sich sofort mit mir oder Regina Sturm in Verbindung gesetzt! Das muss jedem klar sein! Und es ist egal zu welcher Tages- oder Nachtzeit auch immer, wir wollen sofort Bescheid wissen! Ich hoffe, das wurde nun verstanden? Ich möchte nicht noch einmal so ein Ding erleben, wie in den letzten Tagen." Dann stand Tom vom Stuhl auf und blickte noch einmal kurz in die Runde. :So nun einen erfolgreichen weiteren Tag, haut rein!" Dann verließ er den Empfang und ging in sein Büro.

Die Kollegen wussten natürlich wie Tom Bauer seine Rede meinte und keiner von ihnen trug ihm nach, dass er etwas lauter geworden war.

Alle hatte einen gesunden Respekt vor ihm und wussten ihn und seine Arbeit zu schätzen.

Sven Klein saß mitten in der Klausur und war sehr konzentriert. Zwar flogen ihm einige Gedanken durch den Kopf, doch konnte er diese gut unterdrücken und kam mit seiner Arbeit zügig voran. Dann, als er endlich fertig war, legte er seinen Stift zur Seite, packte die Unterlagen auf einen Stapel und gab sie vorne beim Dozenten ab. Jetzt ging er wieder an seinen Tisch, packte seinen Kram zusammen und ging aus dem Saal.

Es war gerade 15 Uhr und er verspürte etwas Appetit, also ging er gleich rüber ins Café Göttlich um eine Kleinigkeit zu sich zu nehmen.

Als er gerade an einem der zahlreichen Tische saß, meldete sich sein Handy wieder. Er hatte, es gleich nachdem er die Uni verlassen hatte, wieder eingeschaltet. Er sah auf das Display, es muesste laut der angezeigten Nummer, seine Mutter sein. Er nahm das Gespräch an.

„Hallo Mutter!", sagte er freundlich.

„Hallo mein Sohn!", kam es zurück, „ich wollte dir nur sagen, ich habe das Geld, und wenn du möchtest, kannst du es gleich bei mir abholen!"

„Oh ja das passt mir gerade gut, ich bin eben erst aus der Uni gekommen. Im Moment esse ich eine Kleinigkeit, aber dann könnte ich zu dir kommen, danke Mutter, danke dafür!", antwortete Sven erfreut und der Druck in ihm ließ auf der Stelle etwas nach.

„Na gut, dann bis gleich mein Sohn, lass dir ruhig Zeit, ich bin ja zu Hause."

Sie hatte das Gespräch beendet und Sven Klein machte sich über sein Mahl her.

Tom Bauer lief in seinem Büro auf und ab, er überlegte was er gerade tun könnte. Dann kahm ihm der Gedanke, mit Regina Sturm noch einmal zu Frau Klein zu fahren um zu fragen, ob sie etwas von ihrem Sohn gehört hätte.

Er ging rüber zu ihr ins Büro und sie willigte sofort ein,. Die beiden stiegen gleich vor dem Gebäude in Toms Auto und schon waren sie auf dem Weg rüber nach Bonn-Beuel. Nach einer viertel Stunde hatten sie auch schon unmittelbar vor dem Haus geparkt und klingelten gerade an der Haustür von Renate Klein. Es hatte einen Augenblick gedauert, da wurde die Tür auch schon geöffnet und Renate Klein begrüßte sie. Etwas überrascht schien sie schon, doch bat sie die beiden Ermittler freundlich zu sich herein. Sie gingen zusammen durch die nächste Tür und setzten sich wieder in die Bibliothek an den großen Tisch.

„Kann ich Ihnen etwas anbieten?", fragte Frau Klein nett.

Doch Tom und auch Regina lehnten freundlich ab und so kamen sie direkt zum Gespräch.

„Frau Klein", fing Tom an, „haben Sie in den letzten Tagen etwas von Ihrem Sohn gehört? Gab es etwas Besonderes?"

Renate Klein überlegte kurz, dann antwortete sie : „Etwas Besonderes? Was meinen Sie damit, Herr Bauer?"

„Naja, einfach nur so, reines Bauchgefühl!", entgegnete Tom.

„Nein, nein, nichts Besonderes, er hatte sich einfach so bei mir gemeldet und war dabei recht freundlich, nicht so wie sonst."

„Na das ist doch schon mal etwas! Schön, dass er sich bei Ihnen meldet!", sagte Regina Sturm und lächelte Renate Klein zu.

„Bitte, Frau Klein", machte Tom dann weiter, „bitte, wenn Sie irgendetwas mitbekommen, was Ihnen nicht geheuer vorkommt, melden Sie sich bei uns! Das ist wirklich wichtig, Frau Klein."

„Ja, das mache ich, Herr Bauer, ich melde mich sofort, versprochen!"

Dann war das Gespräch auch schon vorbei. Die beiden Ermittler bedankten und verabschiedeten sich bei Frau Klein und hatten das Haus kurze Zeit spaeter schon wieder verlassen.

„Du, Regina", sagte Tom, „hast du es auch gemerkt?"

„Ne, was denn?"

„Ich weiß nicht, aber irgendwie kam mir Frau Klein so anders vor! Ich hatte das Gefühl sie würde uns etwas verschweigen."

„Denkst du wirklich?"

„Ja, irgendetwas stimmt nicht, sie war so angespannt und hatte einen etwas geröteten Kopf. Und wenn mich nicht alles täuscht, ist der Grund ihr geliebter Sohn!"

„Okay, und wie kommst du gerade darauf?", hakte Regina Sturm nach.

„Das kann ich dir sagen! Als wir soeben die Haustür verlassen haben, drehte ich meinen Kopf kurz nach links, und wenn mich mein Verstand nicht verlassen hat, habe ich gerade gesehen wie sich Sven Klein hinter einem, auf dem Gehweg stehenden Kleiderständer versteckt hat. Weil auch er uns erkannt hat!"

Dann stiegen die beiden in Toms Wagen und drehten fast wie abgesprochen die Köpfe Richtung des Hauses aus dem sie gerade gekommen waren. Und tatsächlich sahen sie wie Sven Klein im Eiltempo auf den Eingang zu rannte, dann zog er wohl seinen Schlüssel und schon war er drinnen verschwunden.

„Ich fehlen die Worte, Tom! Wie konntest du den nur so schnell sehen? Respekt!", lobte Regina ihren Kollegen.

„Auf jeden Fall werde ich die Dame gleich noch einmal anrufen und versuchen sie zur Vernunft zu überreden! Da wird gerade irgendetwas gespielt, ich weiß nur noch nicht was. Vor allem hat sie uns doch erzählt, dass sie eigentlich nicht so oft Kontakt zu ihrem Sohn hätte, oder nicht? Angeblich gibt er ihr doch immer noch die Schuld am Tod ihres Mannes, seines Vaters."

„Ja, das hat sie uns gesagt", antwortete Regina. „Ist schon etwas verwunderlich, das Ganze!"

Gerade als Sven Klein auf das Haus seiner Mutter zugelaufen kam, sah er noch wie Tom Bauer und Regina Sturm gerade dieses verließen.

‚Was wollten die schon wieder?', dachte er sich und versteckte sich kurz hinter einem Kleiderständer, der vor einem Laden auf dem Bürgersteig stand. Als die beiden in ihr Auto gestiegen und davongefahren waren, nutzte er die Gelegenheit, kam schnell hinter seiner Deckung hervor und sprintete zum Eingang des Hauses, schloss schnell die Tuer auf und drin war er. Im Flur stand seine Mutter und war etwas erschrocken, weil er so hereingestürmt kam.

„Junge! Alles gut? Du bist ja völlig außer Atem!", erkundigte sie sich.

„Ja, ja alles gut, ich bin nur ein Stück gelaufen, weil es angefangen hatte etwas regnen, deshalb bin ich so außer Puste.", log er sie an.

Sie betraten die große Küche und setzten sich dort an einen Tisch. Renate Klein hatte einen Wasserkocher eingeschaltet und war im Begriff einen Tee zuzubereiten. Ihr Sohn hatte sich noch seines Mantels entledigt und sich dann wieder an den Tisch gesetzt. Er war in Gedanken und saß völlig in sich gekehrt da.

„Mein Sohn, ist alles gut? Du bist so abwesend?", fragte sie weiter.

„Ja, ja ist schon gut ich bin nur etwas gestresst, gerade laufen die ganzen Klausuren, dann noch dieser Mistkerl der mich erpresst. Ist wohl im Moment alles etwas viel für mich", antwortete Sven Klein.

„Junge, du hast schon gesehen, dass gerade die Polizei wieder bei mir war, oder?", fragte Renate Klein weiter.

„Ja, Mutter habe ich, na und?", ihr Sohn schien etwas erzürnt.

„Naja ich frage mich eigentlich, was die jedes Mal von mir wollen? Junge, hast du irgendetwas angestellt?"

„Nein Mutter, ich habe nichts getan, gar nichts! Keine Ahnung was die von mir wollen. Die haben mich schon im Krankenhaus besucht und mir blöde Fragen gestellt!"

„Mein Gott Junge, was ist denn los? Kann ich dir irgendwie helfen?"

„Mutter, es ist alles in Ordnung! Ich werde lediglich im Moment erpresst und mehr nicht. Also bitte beruhige dich, ich habe alles im Griff!", antwortete Sven Klein.

Die Mutter ging kurz aus dem Raum und war im nächsten Augenblick auch schon wieder an die Seite ihres Sohnes getreten. Sie hielt ihm einen Umschlag unter die Nase.

„Da. Sieh, hier ist das Geld, ich hoffe, damit ist die Sache erledigt und du kommst wieder zur Ruhe", sagte sie.

„Ach Mutter, danke dafür. Ich weiß ich war in der letzten Zeit nicht oft für dich da, aber das wird sich nun ändern, das verspreche ich dir! Danke, das wird alle Probleme beseitigen!"

Dann schüttete die Mutter den zubereiteten Tee in zwei bereitgestellte Tassen und die beiden genossen diesen gemeinsam und hatten noch eine schoene Unterhaltung.

Tom und Regina riefen sofort, als sie im Präsidium angekommen waren, wieder die Truppe zusammen. Sie saßen nun gemeinsam im Meeting Raum. Tom hatte einige Dinge und Ereignisse mehr auf der Plexiglastafeln ergänzt und hatte sich dann zu den anderen an den Tisch gesetzt.

Nun erzählte er dem Team, was sich in der letzten Stunde im Fall getan hatte und was er am Morgen am Wohnort von Sven Klein festgestellt hatte. Ein Raunen ging durch das gesamte Team.

„Ach du Kacke", sagte Lutz Groß. „Das kann doch nicht wirklich sein, oder? Wieso ist uns das nicht aufgefallen? So ein Mist!"

„Ja das kannst du wohl laut sagen", fügte Tom hinzu. „Jetzt heißt es wachsam sein, wir dürfen uns keinen Fehler mehr erlauben! Wir haben es hier mit einem überintelligenten Täter zu tun, und der nutzt dieses Gut auch aus. Wir werden ihn ab sofort wieder rund um die Uhr beschatten und wir müssen wirklich aufpassen, dass er uns nicht durch die Finger rutscht! Und noch etwas sei gesagt: der hat hundertprozentig Lunte gerochen. Der weiß genau, dass wir ihn beschattet haben! Wir müssen extremst vorsichtig sein und dafür sorgen, dass er uns ab jetzt nicht mehr auf die Schliche kommt!"

Das Team stimmte dem zu und schon hatten sie sich wieder schnell abgesprochen, wie der wetere Ablauf stattfinden sollte.

Tom und Regina machten den Anfang und wollten sich sofort zum Wohnhaus auf der Deutschherrenstraße machen um mit der Observierung zu beginnen. Die anderen hielten sich auf Abruf bereit.

Dieses Mal parkte Tom den Wagen etwas weiter vom Haus entfernt, zwischen anderen Fahrzeugen. Sie saßen nun dort und warteten ab, was passieren würde. Das Haus und vor allem das Fenster zu Sven Kleins Wohnzimmer, konnten sie trotz der Entfernung gut einsehen. Oben brannte Licht und teilweise konnten sie Bewegung in der Wohnung ausmachen. Also gingen sie davon aus, dass Klein zu Hause war.

Es war gerade 17 Uhr, als sie bemerkten wie ein alter roter Golf direkt vor dem Haus hielt und ein älterer Mann ausstieg. Er ging zur Haustür und betätigte wohl eine Klingel. Nach kurzer Zeit erschien Sven Klein vor der Tür und begrüßte den Mann. Dann stiegen die beiden gemeinsam ins Fahrzeug und fuhren los.

Tom startete sofort den Wagen und nahm die Verfolgung auf. Regina notierte sich das Kennzeichen des Golfs: BN-GS 204.

Sofort gab sie die Nummer an die Dienstelle weiter, um eine Halterabfrage zu starten.

Es ging quer durch Bad Godesberg hoch Richtung Waldkrankenhaus. Dann hielt der Wagen vor einer Großen Villa, er passte so gar nicht zu dem Haus. Doch dann öffnete sich das elektronische Tor und der Golf wurde auf den Hof und in eine Garage gelenkt.

Das Tor schloss sich sofort wieder und es war still geworden. Nun wurden einige der zahlreichen Fenster im Erdgeschoß von einem warmen Licht ausgeleuchtet. Tom war ausgestiegen und etwas näher an das Haus herangeschlichen. Er konnte Klein und den älteren Mann an einem Tisch sitzen sehen. Sie unterhielten sich, wie es schien, ganz entspannt. Eine junge Frau war wohl gerade dabei, Essen auf dem Tisch anzurichten. Als diese damit fertig war, aßen die beiden Männer in aller Ruhe und unterhielten sich dabei weiter. Nichts Auffälliges konnte Tom feststellen und so setzte er sich wieder ins Auto zu Regina Sturm.

„Nichts Besonderes, der Klein sitzt dort drinnen und genießt zusammen mit dem Mann, der in abgeholt hatte, das Abendessen. Alles völlig unauffällig, würde ich sagen", erzählte Tom.

„Na, dann warten wir doch einfach mal ab, oder?" fragte Regina.

Und schon verfielen Regina und Tom in ein anregendes Gespräch. Tom war schon ganz aufgeregt, wegen der bevorstehenden Geburt seines zweiten Kindes und Regina war im Begriff aus ihrer Wohnung in Bonn auszuziehen. Sie hatte ein kleines Häuschen in Pech gefunden und dieses sofort nach dem Besichtigungstermin gekauft!

Tom war sehr interessiert an dieser Aktion und gab Regina einige Tipps bezüglich der Renovierung, die sie gerne von ihm annahm, da sie wusste, dass er Erfahrung darin hatte.

Es hatte wohl so zwei Stunden gedauert, bis sich dann schließlich die Haustür am Gebäude auftat und Sven Klein heraustrat. Sie konnten noch sehen, wie er sich von der anderen Person verabschiedet hatte. Dann schloss sich die Tür wieder und Klein entfernte sich zu Fuß. Er lief rüber zur Bushaltestelle am Krankenhaus und wartete auf die nächste Abfahrt. Kaum 10 Minuten später fuhr auch schon ein Bus heran und Klein stieg ein.

Tom und Regina schlossen sofort mit ihrem Wagen auf und fuhren dem Bus bis zur Rigallschen Wiese hinterher. Dort war Sven Klein ausgestiegen und machte sich wieder zu Fuß weiter auf den Weg.

Tom stieg aus dem Wagen und sagte Regina, sie solle oben in der Nähe von Kleins Haus auf ihn warten. Sie fuhr sofort los und positionierte sich, wie besprochen. Der Ermittler ging leise und bedacht hinter Klein her und sah dann, wie dieser in den schmalen Weg zwischen zwei Häusern eingebogen war. Genau das hatte Tom sich gedacht und klemmte sich dahinter. Kurze Zeit später konnte er noch sehen, wie Klein das Wohnhaus vom Garten her betrat. Tom schlich sich weiter leise um das Gebäude herum hoch zur Straße, wo er Regina im Auto schnell ausgemacht hatte.

Kaum saß er im Fahrzeug bekam, er auch schon Neuigkeiten von Regina zu hören.

„Weißt du, wer der Typ im Golf war?", begann sie.

„Nein keine Ahnung?", antwortete Tom.

„Naja, das war der Vermieter von Sven Klein! Ich habe gerade, als die Halterabfrage bekommen habe, sofort mit Frau Klein telefoniert und sie hat mir das bestätigt! Er heißt Günther Stoffel und er hat, laut Aussage von Svens Mutter, ein gutes Verhältnis zu dem Jungen. Sie sagte, das war früher schon so, er sein ein alter Freund der Familie und hatte mit Svens Vater viele Dinge bearbeitet. Darum hatte Klein auch so schnell eine eigene Wohnung bekommen."

„Aha, das ist ja mal interessant!", entgegnete Tom. Ob der wohl noch mehr von Klein einfordert, als nur dessen Freundschaft? Was meinst du?"

„Du meinst…?"

„Ja genau, dass meine ich! Ist doch ein stattlicher Junge, dieser Sven Klein."

„Ich weiß nicht, denkst du wirklich?", meinte Regina Sturm.

„Ach du, das wäre nicht das erste Mal das ich so etwas herausbekomme", erwiderter Tom darauf.

Dann legten sich die beiden weiter auf die Lauer. Es war nun mittlerweile 23 Uhr. Gleich sollte die Ablöse eintreffen. Regina und Tom waren auch kurz vor dem Einschlafen, war es doch ein langer Tag gewesen.

Und dann bog auf einmal ein Fahrzeug auf die Straße und kam direkt auf Toms Wagen zu. Er konnte sofort erkennen, dass es sich um Lutz Groß und Cornelia

Schwarz handelte. Sie fuhren langsam an ihnen vorbei, dann drehten sie an einer geeigneten Stelle um und stellten ihren PKW dann hinter dem von Tom Bauer ab. Tom und Regina stiegen aus und setzten sich zu den Kollegen ins Fahrzeug. Sie hatten sich schnell über die aktuelle Situation unterhalten. Dann war die Übergabe erledigt und es wurde sich verabschiedet.

Als Tom seine Kollegin am Präsidium in Bonn abgesetzt hatte, machte er sich sofort auf den Weg nach Hause. Mittlerweile war es halb eins und er war gerade auf seine Einfahrt in Werthhoven gefahren. Er sah sofort, dass noch Licht im Haus brannte.

Evelyn hatte wohl auf ihn gewartet. Er betrat das Haus und schloss gleich hinter sich ab. Dann ging er sofort nach oben, knipste das Licht im Flur aus und betrat das Schlafzimmer. Evelyn lag dort im Bett und war schon eingeschlafen. Sie hatte eine Illustrierte auf dem Bauch liegen und in der rechten Hand klemmte noch ein Kugelschreiber. Tom schmunzelte, als er ihr die Sachen abnahm. Dann knipste er auch die Nachttischlampe auf ihrer Seite des Bettes aus. Als er im Bad fertig war, legte er sich zu ihr an die Seite und gab ihr noch einen dicken Kuss auf die Stirn, dann nahm er sich sein aktuelles Buch zur Hand und kurz darauf war auch er, mit dem Buch auf der Brust eingeschlafen, nur seine Nachttischlampe brannte noch.

Es war neun Uhr am Donnerstagmorgen. Sven Klein lag noch in seinem Bett, als sich mal wieder sein Handy meldete und ihn jäh aus den Träumen riss. Als er danach greifen wollte fiel es von seinem Bett runter auf den Boden.

„Oh man", ärgerte er sich und lehnte sich weiter raus aus seiner Koje, dann hatte er es endlich erwischt. Er stellte sich dabei aber so unbeholfen an, dass er Hals über Kopf aus dem Bett fiel. Er versuchte ruhig zu bleiben, obwohl er sich seine Rübe geprellt hatte. Dann setzte er sich benommen, mit dem Handy in der Hand, auf die Bettkante.

„Sven Klein hallo", meldete er sich noch im Halbschlaf.

„Ja da ist er ja", sagte eine Stimme. „Du weißt schon, dass heute Donnerstag ist, mein Freund?", fragte diese weiter.

„Ja, wenn Sie das sagen, wird es wohl so sein!", antwortete Sven Klein nur etwas kess und rieb sich mit der freien Hand über die Beule an seinem Kopf.

„Nur nicht frech werden Freundchen, ich glaube du hast immer noch nicht kapiert, wie ernst die Lage für dich gerade ist, oder wie?", konterte die Stimme.

„Mein Gott, ist ja gut, sagen Sie mir wo ich Ihnen das Geld übergeben soll und lassen Sie mich dann einfach in Ruhe", gab Klein weiter frech zur Antwort.

Dieser Ton hatte seinem Gegenüber wohl nicht gefallen, denn der hatte das Gespräch gerade abgebrochen!

‚Okay', dachte sich Klein, ‚der wird sich schon wieder melden, der will doch die Kohle.' Er legte sich hin, dann drehte er sich noch einmal um und schloss die Augen, einen Moment später war er auch schon wieder eingeschlafen.

Tom Bauer saß im Büro und studierte gerade mal wieder die Unterlagen zum Fall, als Regina in sein Büro kam.

„Hey Tom, guten Morgen, na, wie geht es dir?"

„Oh moin Regina, gut und selber?", antwortete er gut gelaunt.

„Alles ok soweit. Du, gerade haben sich Lutz und Claudia kurz gemeldet. Es scheint alles ruhig zu sein bei Klein, aber es ist ja auch noch recht früh, wie ich meine."

„Genau, die sollen einfach weiter am Ball bleiben, wir dürfen jetzt nicht mehr nachlassen!", gab Tom nur zur Antwort.

„Sag mal, Tom", meinte Regina dann weiter, „was hältst du denn davon, wenn wir Herrn Stoffel einen Besuch abstatten und ihn mal ein paar Fragen zu unserem Sven Klein stellen?"

„Halte ich für eine gute Idee, sollen wir sofort los? Oder wann hattest du gedacht?"

„Ich wollte kurz ein paar Dinge noch erledigen, sagen wir so um 13 Uhr Abfahrt?", antwortete Regina.

„Ja prima, dass passt gut."

Dann ging Regina auch schon wieder aus dem Raum und schloss die Tür hinter sich.

Tom kümmerte sich wieder um seine Akte und bereitete am Computer schon mal den Bericht für den Tag vor. Zusätzlich nahm er sich den Hemingway zur Hand und machte sich ein Paar Notizen:

1. Wie ist das Verhältnis zwischen Stoffel und Klein?
2. Woher kennen sich die beiden genau?
3. Wie gut kennt Stoffel Sven Klein?
4. Was kann uns Stoffel über das Verhältnis von Klein und seinem Vater sagen?

Er packte das Buch wieder in seine Jackentasche und ging rüber zur Kaffeemaschine um sich einen Espresso zu gönnen. Damit setzte er sich wieder an seinen Schreibtisch und genoss kurz die Ruhe und nippte genüsslich an der kleinen Tasse.

Kurz nach 10 Uhr, schon wieder klingelte Kleins Handy. Er wurde schlagartig wach und nahm das Gespräch an.

„Sven Klein guten Morgen."

„Na etwas beruhigt, Jung?", fragte die fremde Stimme.

„Ja, geht so!" antwortete Klein. Sein Kopf brummte etwas dabei.

„Okay dann pass mal gut auf! Du wirst gleich das Geld nehmen und dieses in eine Plastiktüte packen, dann knotest du das ganze gut zu und setzt dich dann in einen Bus, der dich hoch nach Berkum bringt. Am Wachtbergcenter steigst du aus und gehst rüber am Fitnesscenter vorbei zu den Altglascontainern. Dort nimmst du den Plastikbeutel und schmeißt ihn in den Behälter für Braunglas. Dann machst du dich vom Acker, und versuche dich nicht irgendwo zu verstecken, ich habe dich die ganze Zeit im Blickfeld. Also versuche mich nicht zu veräppeln, sonst hält dieser Tag ein schlimmes Ende für dich bereit! Hast du das verstanden?"

„Ja, ja ist ja gut, ich habe verstanden. Ich mache mich sofort auf den Weg", antwortete Klein etwas eingeschüchtert.

„Und noch etwas mein Freund: komm nicht auf die blöde Idee, die Polizei einzuschalten, damit stellst du dir nur selber eine Falle!"

Und schon wurde das Gespräch wieder beendet. Klein sprang sofort aus den Federn und ging in sein Badezimmer um keine Zeit zu verlieren. Es hatte nicht lange gedauert, da hatte er sich auch schon fertig angezogen und war im Begriff das Haus zu verlassen. Er nahm noch das Geld aus dem Versteck im Kleiderschrank und packte es in eine Plastiktüte, die er oben fest verknotete. Anschliessend steckte er alles in seinen Rucksack und machte sich auf den Weg. Er ging runter durchs Haus und verließ es über den Hinterausgang. Schnell den Fußweg entlang und schon stand er an der Haltestelle. Er stieg in die 856 und fuhr damit hoch nach Berkum.

Als er am Wachtbergcenter, direkt neben dem Lidl, ausgestiegen war, ging er sofort rüber am Einkaufscentrum vorbei und steuerte die Altglascontainer an. Er nahm das Plastikbündel aus seinem Rucksack, schaute sich um, ob ihn niemand beobachten würde und schon hatte er das Bündel in den Braunglascontainer geschmissen. Umgehend machte er sich wieder auf den Weg zur Bushaltestelle und stieg dann in den nächsten Bus, der gerade eingetroffen war. Er hatte keine Gedanken daran verschwendet eventuell nachzusehen, wer denn nun das Geld aus dem Container fischen würde, er wollte einfach nur wieder seine Ruhe haben! Und mit dieser Einstellung war er nun wieder auf dem Weg nach Hause.

Durch das Meeting, bei welchem auf den Hintereingang von Sven Kleins Haus hingewiesen wurde, waren Lutz Gross und Claudia Schwarz auf der Hut und haben Gott-sei-Dank mitbekommen, dass Sven Klein diesen nutzte und konnten ihn verfolgen.

Lutz Groß stand nun mit dem PKW auf dem Parkplatz der Tankstelle am Wachtbergcenter. Er hatte zusammen mit Claudia Schwarz gesehen wie Sven Klein hinten am Altglascontainer ein Plastikbündel eingeworfen hatte. Claudia war Klein gerade weiter zu Fuß gefolgt, und Lutz wollte noch herausbekommen, was nun am Container passieren würde, also wartete er ab. Es hatte keine zehn Minuten gedauert, da kam auch schon ein alter Golf angefahren. Dieser parkte direkt neben den Altglascontainern. Lutz Groß war aus dem Wagen gestiegen und am Blumencenter vorbeigeschlichen um zu sehen, ob irgendetwas passieren würde. Und tatsächlich, aus dem Golf stieg ein älterer Herr, der öffnete den Kofferraum des Wagens und nahm dort einen Walkingstock heraus. Mit diesem ging er zum Container mit dem Braunglas und schon hatte er mit den Stock das Plastikbündel aus demselben geangelt. Schnell packte er den Stock wieder in den Kofferraum und schmiss den Kofferraumdeckel zu. Dann setzte er sich zügig in seinen Wagen und fuhr davon. Lutz hatte sich noch das Kennzeichen notiert und machte sich dann wieder auf dem Weg zu seinem Fahrzeug. Kaum hatte er sich hineingesetzt, klingelte auch schon sein Smartphone.

„Groß hallo?"

„Ja hey Peter, ich bin es Claudia. Du, ich bin schon wieder fast in Bad Godesberg. Der Klein ist sofort wieder nach Hause gefahren. Ich bin eine Haltestelle weitergefahren und stehe dann gleich an dem kleinen Kiosk hinten an der Stadthalle."

„Okay, ich schau das ich dich schnell dort abholen kann, bin gerade ins Fahrzeug gestiegen, sagen wir so 20 Minuten, ok?", gab Lutz zur Antwort.

„Ja prima, bis Gleich Lutz, ich warte hier!"

Nach einer halben Stunde hatte Lutz seine Kollegin am Kiosk bei der Stadthalle eingesammelt und sie waren nun unterwegs zur Deutschherren Straße um Klein weiter zu observieren.

Kaum dort angekommen, stieg Lutz aus dem Fahrzeug und ging zu dem Gebäude in dem Sven Klein wohnte. Er betätigte unten an der Tür eine Klingel und wartete was passieren würde. Dann rasselte der Türöffner. Lutz hatte bemerkt, dass die Freisprechanlage eingeschaltet wurde.

„Danke", sagte er schnell, „ich bringe nur die Post, danke, dass Sie mich hereingelassen haben!" Dann hörte das Rauschen an der Anlage sofort wieder auf, sie war wohl abgestellt worden. Lutz hielt sich noch ein paar Minuten im Flur des Hauses auf und ging dann seelenruhig vom Gebäude weg, setzte sich wieder zu Claudia in den Wagen und gab sich zufrieden.

„Er ist auf jeden Fall in seiner Wohnung", teilte er Claudia mit.

Diese nickte nur und schon ging die Warterei weiter.

Es war mittlerweile kurz nach eins und Tom war mit seiner Kollegin Regina Sturm auf dem Weg nach Godesberg um bei Günther Stoffel vorstellig zu werden. Sie hatten sich nicht angemeldet um das Überraschungsmoment auf ihrer Seite zu haben. Gerade waren sie vor dem Haus oben in der Nähe des Waldkrankenhauses angekommen und parkten ihren Wagen direkt vor dem Gebäude.

Beide stiegen aus und standen nun vor dem eisernen Gartentor. Tom betätigte die Klingel.

Es dauerte etwas, dann klickte das Tor und sprang auf. Im gleichen Augenblick wurde die Tür am Haus geöffnet. Ein älterer Herr mittleren Alters trat vor.

„Sie wünschen?", fragte er.

„Hallo, guten Tag, Herr Stoffel? Tom Bauer, Kriminalpolizei, das ist meine Kollegin, Regina Sturm."

„Kriminalpolizei? Aha und Sie wünschen?", kam es etwas gedrückt aus Günther Stoffels Mund.

„Wir hätten ihnen gerne ein paar Fragen gestellt, wenn es Ihnen recht ist?", fragte Tom weiter.

„Ja sicher, kommen Sie doch herein", antwortete Stoffel dann gespielt freundlich.

Regina und Tom betraten das Haus und wurden von Günther Stoffel weiter ins Esszimmer geleitet. Dort bot er ihnen einen Sitzplatz an und stellte eine Karaffe mit Wasser und drei Gläser auf den Tisch. Dann setzte er sich zu ihnen.

„Was führt Sie zu mir?", begann er zu fragen und wartete neugierig auf eine Antwort.

Tom schnappte sich seinen Hemingway aus der Jackentasche und legte diesen offen vor sich auf den Tisch. Er nahm seinen Kugelschreiber zur Hand und legte dann los.

„Herr Stoffel, wir haben mitbekommen, dass Sie Sven Klein kennen?"

„Sven, ja natürlich, er ist der Sohn eines alten Freundes, der leider schon verstorben ist! Warum?"

Herr Stoffel, beantworten Sie bitte nur die Fragen, wir können uns gleich ausführlicher über Sven Klein unterhalten, okay?", fuhr Tom weiter fort.

„Ja okay, entschuldigen Sie bitte, Herr Kommissar!", antwortete Stoffel weiter.

„Sagen Sie, Herr Stoffel, wie genau ist Ihre Beziehung zu Sven Klein?"

Stoffel überlegte kurz, dann fing er zu reden an.

„Also ich kenne den Jungen schon viele Jahre, schon als er noch ganz klein war…"

„Herr Stoffel, bitte nur meine Frage beantworten!", stellte Tom noch einmal fest.

„Er ist für mich wie ein Sohn, ich habe keine Kinder, wissen Sie!"

„Nur wie ein Sohn? Entschuldigen Sie, wenn ich das so frage, aber mehr ist da nicht?", fragte Tom vorsichtig weiter.

„Was meinen Sie?", Günther Stoffel war etwas rot angelaufen.

„Ich frage Sie, ob Sie eventuell mehr von dem jungen Mann wollen, außer dass er für Sie wie ein Sohn ist?"

„Sie meinen doch nicht etwa…? Herr Bauer, das verbiete ich mir! Ich bin nicht etwa schwul, wenn Sie das meinen?", Herr Stoffel war aufgesprungen und schüttelte den Kopf. „Der Junge ist mir sehr ans Herz gewachsen, ja das stimmt. Aber mehr auch nicht!" Dann hatte sich der Mann wieder hingesetzt und man konnte ihm ansehen das er leicht säuerlich war.

„Herr Stoffel, entschuldigen Sie bitte, aber diese Fragen sind für uns sehr wichtig, wir machen nur unseren Job!", legte Tom nach.

„Ja ist ja schon gut, ich habe verstanden, Herr Bauer.", entgegnete der wieder etwas ruhiger. „Heutzutage ist ja alles möglich!"

„Sagen Sie, ist es richtig das Sie gleichzeitig der Vermieter des Herrn Klein sind?", ging es weiter.

„Ja das ist korrekt, mir gehört das Haus auf der Deutschherrenstraße, und noch ein paar mehr."

„Zahlt er immer pünktlich? Oder gibt es da Probleme?"

„Nein es wird immer pünktlich gezahlt. Das Geld kommt ja von Svens Mutter, Renate. Da ist ein Dauerauftrag eingerichtet, Probleme gab es da nie."

Plötzlich klingelte das Telefon von Tom Bauer, er brach das Gespräch mit einer Entschuldigung kurz ab.

„Tom Bauer hallo!"

„Hey Tom ich bin es Claudia Schwarz, hast du gerade Zeit?"

„Äh, ja kurz schon, was gibt es?" fragte Tom.

„Du, wir hatten so vor ein paar Stunden eine interessante Sache beobachten können!", fing Claudia dann an.

„Sven Klein war früh aus dem Haus gegangen und mit der Linie 856 hoch nach Berkum gefahren. Er stieg dann dort aus und ist rüber am Wachtbergcenter im hinteren Bereich zu den Glascontainern gelaufen!"

„Ja und weiter?", Tom war nun sehr neugierig geworden.

„Also er ging zu den Containern. Als er vor dem mit dem Braunglas stand, zückte er eine Plastiktüte aus dem mitgebrachten Rucksack. Er schmiss diese dort in den Container und machte sich dann ohne lange nachzudenken wieder aus dem Staub und auf den Weg nach Hause!" erzählte Claudia weiter.

„Ja und das war es? Oder wie?"

„Tom! Ich bin doch dabei", stoppte Claudia ihren Kollegen kurz. „Als er den Ort verlassen hat, bin ich wieder zu Fuß hinter ihm her und Lutz ist vor Ort stehen geblieben um zu sehen, was dann passieren würde. Er hatte nicht lange dort gestanden, da tauchte ein alter roter Golf auf und dieser parkte direkt vor den Glascontainern. Lutz ist dann aus seinem Wagen gestiegen und etwas näher an den Ort des Geschehens herangepirscht."

Claudia holte schnell etwas Luft.

„Aus dem Golf stieg ein älterer Herr aus, der nahm sich aus seinem Kofferraum einen Walkingstock und machte sich damit an dem Container zu schaffen. Schnell hatte er die Plastiktüte, die Klein vorher hineingeworfen hatte, herausgefischt. Er setzte sich dann zurück in sein Fahrzeug und verschwand."

„Ach, ist ja interessant, und genau bei diesem Typ sitzen wir gerade und befragen ihn über Klein", antwortete Tom leise. Er stand mittlerweile im Flur und hatte die Tür zum Wohnzimmer zu gezogen.

„Okay Claudia, danke für den Anruf, jetzt wird es hier sicher sehr spaßig!"

Die Beiden hatten das Gespräch beendet und Tom war zurück in den Raum getreten. Er setzte sich, schrieb wieder etwas in seinen Hemingway und fing dann an.

„Herr Stoffel, sagen Sie mir bitte, was Sie heute Vormittag oben am Wachtbergcenter gemacht haben?"

Günther Stoffel schwieg erst, dann sah man wieder wie er etwas rot wurde, er schien sich gerade die Worte zurecht legen zu wollen!

„Herr Stoffel ich helfe ihnen gerne auf die Sprünge!", machte Tom dann weiter.

„Sie sind zu den Glascontainern gefahren und haben dort mit einem ihrer Wander- oder Walkingstöcke etwas „geangelt", um es mal bildlich auszudrücken!"

„Geangelt, ist alles klar bei Ihnen, Herr Bauer?" fragte Stoffel frech.

Tom schaute seinem Gegenüber tief und ernst in die Augen. „Sagen Sie, Herr Stoffel, sehe ich gerade aus als würde ich Scherze machen?", fragte er.

Stoffel war nun doch etwas eingeschüchtert. „Nein, nein, natürlich nicht, entschuldigen Sie bitte."

„Also noch einmal, was haben sie dort „geangelt", Herr Stoffel?", konterte Tom weiter.

„Ich habe keine Ahnung was Sie von mir wollen?" Stoffel fing an, sich stur zu stellen.

„Ach sie wollen es auf diese Art, Herr Stoffel, kein Problem! Wir werden Sie jetzt mit auf die Wache nehmen! Ich beschuldige Sie, Sven Klein erpresst zu haben. Und Sie werden so lange bei uns auf der Wache sitzen, bis ich alles aus Ihnen herausbekommen habe, Herr Stoffel."

„Aber Sie können mich doch nicht einfach festnehmen!", Stoffel war aufgesprungen und tobte.

Tom stand auch auf und ging auf ihn zu.

„Herr Stoffel, zwei Kollegen haben heute beobachtet wie Sven Klein genau in diesen besagten Container eine Plastiktüte mit Inhalt geworfen hat und Sie haben diesen kurze Zeit später wieder aus diesem Container gefischt. Also erzählen Sie mir keinen Blödsinn! Sie kommen jetzt mit uns und wir unterhalten uns auf der Wache weiter, mir ist das hier zu blöd!"

Tom packte den Mann am Arm und führte ihn raus aus dem Haus zu seinem Wagen. Dieser machte nun keine Anstalten mehr und setzte sich bereitwillig in das Fahrzeug des Ermittlers. Regina stieg vorne auf der Beifahrerseite ein und Tom setzte sich ans Steuer. Dann ging es zurück nach Bonn zum Dezernat.

Dort angekommen, führten Tom und Regina ihren „Gast" sofort rüber ins Verhörzimmer. Tom hatte den Raum dann noch einmal verlassen um den Rest der Truppe zusammen zu rufen, diese positionierten sich dann im Nebenraum des Verhörzimmers und schalteten den Lautsprecher ein.

Dann war Tom wieder zu Regina und Stoffel in den Raum gegangen und setzte sich dort mit an den Tisch. Er hatte das Aufnahmegerät einschalten lassen und war nun schnell wieder in seinem Element.

„So, Herr Stoffel, los geht es!", fing Tom an. „Sie heißen Günther Stoffel, sind wohnhaft in Bad Godesberg, Waldstraße 119, ist das so richtig?"

„Ja, das ist richtig!", antwortete Stoffel.

„Sie sind der Vermieter des Hauses an der Deutschherrenstraße 51 in Bad Godesberg, ist das richtig?"

„Ja, auch das stimmt."

„Sven Klein ist einer Ihrer Mieter, trifft das zu?"

„Ja, das ist richtig!"

„Wie gut kennen Sie dessen Familie?", fragte Tom weiter.

„ich kenne sie sehr gut, wir sind schon sehr lange befreundet, schon bevor Sven auf der Welt war.", gab Günther Stoffel zur Antwort. Er fing leicht an zu schwitzen, was an seinem hellblauen Hemd sofort auffiel.

Tom ließ ihm ein Glas Wasser bringen, welches er dankend annahm.

„Herr Stoffel, wie oft treffen Sie sich mit Sven Klein?"

„So alle zwei Wochen ist er bei mir zum Essen eingeladen, ich behandle ihn wie meinen eigenen Sohn!", gab Stoffel an.

„Kann es sein, Herr Stoffel, dass sie Sven Klein erpresst haben?", fragte Tom dann etwas energischer weiter.

„Nein, nein das habe ich nicht, ich sage jetzt nichts mehr!", tobte Stoffel dann los. „Ich möchte meinen Anwalt sprechen, ich weiß, dass mir einer zusteht und ohne den sage ich jetzt nichts mehr!" Dann legte sich Stoffel in seinen Stuhl zurück und verschränkte die Arme provokativ vor seiner Brust.

„Ja, kein Problem, hier ist ein Telefon, rufen sie ihn an, ich kann gerne warten!", antwortete Tom ganz cool, dann stand er auf und verließ kurz den Raum um eine Tür weiter den anderen zu betreten.

„Und was haltet Ihr davon? Ist doch interessant der Typ oder? Ich wette, der hat Dreck am Stecken!"

Auch Toms Kolleginnen und Kollegen hatten das Gefühl und nickten zustimmend.

Tom ging dann weiter in sein Büro und machte sich einen frischen Kaffee, mit diesem ging er dann wieder zum Verhörraum und setzte sich an den Tisch.

Es hatte etwa eine weitere halbe Stunde gedauert, da klopfte es auch an der Tür. Ein weißhaariger Mann im dunkelblauen Anzug betrat den Raum.

„Guten Tag, Ansgar Ley mein Name, ich bin der Anwalt von Herrn Stoffel!", stellte er sich vor und setzte sich zu diesem an den Tisch, flüsterte seinem Mandanten etwas ins Ohr und wendete sich dann an Tom.

„Was genau wird meinem Mandanten vorgeworfen?," fragte er.

„Ihrem Mandanten Herr Ley, wird vorgeworfen jemanden erpresst zu haben!", entgegnete Tom zielstrebig.

„Erpresst, okay und wie kommen Sie darauf?", fragte Ley weiter.

Tom legte dann die Fotos, die er soeben von seiner Kollegin ausgehändigt bekommen hatte, der Reihe nach vor dem Anwalt auf den Tisch. Darauf war genau zu sehen, wie Sven Klein ein Plastiksack in einen Glascontainer warf und wie Günther Stoffel den gleichen Sack wieder aus dem Container angelte. Die Fotos waren wirklich gestochen scharf und die Situation wurde nun doch brenzlig für Stoffel. Dieser saß mit einem hochroten Kopf am Tisch und man konnte ihm ansehen, dass alles gerade sehr unangenehm für ihn wurde. Sein Anwalt hatte sich die Fotos ganz genau angesehen und drehte dann seinen Kopf zu Stoffel.

Einen Moment war es absolut ruhig im Raum, keiner sagte etwas!

Plötzlich!

„Ich wollte das nicht!", platzte es aus dem Mund Günther Stoffels.

„Was wollten Sie nicht, Herr Stoffel?", hakte Tom sofort nach.

„Naja dass, ich wollte das nicht, aber dann überkam es mich!"

„Es überkam sie? Aha und dann?"

„Ja es überkam mich, wie soll ich es sagen, dieser kleine Drecksack hat doch......"

„Was hat dieser kleine Drecksack? Reden sie von Sven Klein?", forderte Tom weiter.

„Ja, der hat doch so viel Mist gebaut, und........."

„Mist gebaut in wiefern, Herr Stoffel? Kommen Sie mal zum Punkt!", Tom war aufgestanden und stand nun neben Stoffel und hatte sich zu ihm heruntergebeugt.

„Naja, ich habe ihn dabei fotografiert wie der die Leute umgebracht hat!", sagte Stoffel weiter.

„Was sagen sie? Sie haben ihn fotografiert? Leute umgebracht? Herr Stoffel machen sie doch einfach ihren

Mund richtig auf, ich verstehe nur Bahnhof!", warf Tom ihm an den Kopf.

„Ja, ich habe ihn fotografiert, als er die alten Leute getötet hat, immer mit seinem langen Messer. Ich glaube das hatte er sich damals im Verlauf seiner Kochlehre gekauft!", führte Stoffel weiter aus.

Alle standen und saßen im Raum herum und hatten ihre Augen auf Stoffel gerichtet.

„Sie wollen mir wirklich erzählen, dass Sie Klein beim Morden fotografiert haben wollen und Sie sind nicht auf die Idee gekommen, dieses bei der Polizei zu melden? Ist bei Ihnen noch alles in Ordnung, Herr Stoffel? Wissen Sie eigentlich, was Sie mir gerade erzählen wollen?", Tom kochte, doch versuchte er sachlich zu bleiben, was ihm sehr schwer viel.

Der Anwalt saß nur neben seinem Mandanten und schüttelte den Kopf. Ihm waren gerade alle Felle davon geschwommen und er konnte es nicht verhindern.

„Ja und weil ich nicht wollte, dass Sven noch mehr anrichtet", führte Günther Stoffel weiter aus, „habe ich ihn mit verstellter Stimme angerufen und zur Rede gestellt."

„Sie haben ihn zur Rede gestellt, Herr Stoffel? Nein! Sie haben ihn nicht zur Rede gestellt, Sie haben ihn erpresst, seien Sie doch wenigstens jetzt einmal ehrlich!", Tom schlug mit der Hand auf den Tisch, dass es nur so krachte.

„Mann, jetzt versuchen Sie nicht noch uns zu verarschen, ich habe da keine Lust drauf, Herr Stoffel, sagen Sie die Wahrheit , Mann!", dann setzte sich Tom wieder an seinen Platz am Tisch. Er wusste sofort, dass er ihn jetzt hatte, und er würde ihn nicht mehr loslassen, das war sicher.

„Ja aber…"

„Was, ja aber? Herr Stoffel, machen Sie verdammt noch mal den Mund auf und sagen Sie uns die Wahrheit!", wiederholte Tom sich.

„Es waren 150 tausend Euro!", sagte Stoffel dann nur.

„Also hatte ich doch das richtige Gefühl, Sie haben ihn erpresst und wenn er gezahlt hat würden sie ihn nicht melden! Ist das so richtig, Herr Stoffel?", fragte Tom.

„Ja das ist richtig!", sagte Stoffel mit geneigtem Haupt.

In diesem Moment drehte Tom sich um und schaute in den „Spiegel".

„Ihr wisst was zu tun ist, fahrt zu zweit rüber nach Bad Godesberg und bringt mir Sven Klein her, und macht dies mit Bedacht, er soll erst hier erfahren, was wir von ihm wollen!"

Dann drehte sich Tom wieder zu Stoffel und dessen Anwalt. „Herr Stoffel, Sie werden jetzt mit mir und Frau Sturm zurück zu Ihrem Haus fahren. Dort werden Sie mir die Fotos geben, die Sie gemacht haben und dann nehmen wir Sie wieder mit zur Wache. Ist das von Ihnen verstanden worden, Herr Stoffel?"

„Ja, ich habe verstanden!", sagte Stoffel nur und schon ging es los.

Es war kurz nach 18 Uhr und Sven Klein saß in seiner Wohnung auf dem Bett und schaute gelangweilt in den alten Fernseher.

Es klingelte an der Tür. Er stand auf und ging rüber, um durch den Spion zu schauen.

„Polizei, machen Sie die Tür auf, Herr Klein", sagte eine Frauenstimme.

Klein öffnete und sah in die Gesichter von Lutz Groß und Claudia Schwarz.

„Hallo, Herr Klein," sagte Claudia und hielt ihm ihren Ausweis unter die Nase. „Ich würde Sie gerne darum bitten, uns auf die Wache zu begleiten. Wir haben da ein paar Fragen an Sie!"

„Auf die Wache? Sie nehmen mich fest? Oder wie soll ich das verstehen?", antwortete Klein etwas aufgeregt.

„Nein, wir nehmen Sie nicht fest, wir möchten sie nur mitnehmen und Ihnen ein paar Fragen stellen! Habe ich doch gesagt."

„Ja, ja einen Moment, bitte, ich zieh mir gerade nur ein paar Schuhe an, dann können wir los", antwortete Klein dann und folgte den Polizisten, nachdem er die Wohnungstür abgeschlossen hatte.

Als sie dann in Bonn auf der Wache angekommen waren, ging es sofort in den Verhörraum. In einer Ecke stand ein Polizist in Uniform und in der Mitte des Raumes setzten sich Claudia und Lutz dann mit Sven Klein an den Tisch.

„Wir müssen noch einen Augenblick warten, Herr Klein. Das Gespräch wird Herr Bauer führen. Kann ich Ihnen vorab etwas zu trinken anbieten oder eventuell eine Zigarette?", fragte Claudia Schwarz.

„Äh, nein danke, weder noch!", kam es abgehackt aus Sven Kleins Mund.

Einen Augenblick später kam auch schon Tom Bauer in den Raum und begrüßte Sven Klein. Er setzte sich mit an den Tisch und legte einen Briefumschlag vor sich hin. Dann sah er sich Sven Klein eine Weile an und plötzlich legte er los, ganz ruhig aber schon so, dass es allen die Sprache verschlug.

„Also, es ist doch fast unglaublich, wie Sie uns an der Nase herumgeführt haben, das muss ich Ihnen wirklich lassen! Ich hätte nicht im Traum daran gedacht, dass Sie so eiskalt und abgebrüht sind!"

„Reden Sie von mir, Herr Bauer?", fragte Klein verwundert nach.

„Sehen sie hier noch jemand anderes, den ich ansprechen könnte, Herr Klein, außer meine beiden Kollegen?", antwortete Tom kalt.

„Ah, das ist ein Spiel, Sie wollen ein Spiel mit mir treiben?", entgegnete Sven Klein dann spöttisch.

Jetzt wurde Tom doch etwas lauter und energischer. „Herr Klein, ist Ihn gerade zum Spielen zumute? Sind Sie sicher, dass ich spielen will? Haben Sie tatsächlich noch nicht den Ernst der Lage verstanden, in der Sie sich gerade befinden?" Tom sah Klein dabei tief in die Augen, bis dieser seinen Blick abwendete.

Dann nahm Tom den Umschlag vom Tisch und öffnete diesen. Er nahm einen Stapel Fotos herraus und fing nun an, ein Foto nach dem anderen vor Sven Klein auf dem Tisch auszulegen. Anfangs verzog Klein keine Mine und tat gelangweilt, aber als die Fotos immer mehr wurden, konnte man eine Unruhe in seinem Gesicht erkennen!

„Na, Herr Klein, kommt es langsam? Erinnern Sie sich?", fragte Tom weiter nach.

„Erinnern woran?", kam es frech zurück.

Tom legte die letzten Fotos aus und sagte erst einmal nichts. Dann stand er auf lief ein paar Schritte auf und ab und zog dann unerwartet aus seiner linken Innentasche seiner Jacke ein langes Messer hervor und legte dieses quer über die Bilder auf den Tisch.

Sven Klein zuckte zurück, „woher haben Sie das? Waren Sie in meiner Wohnung?", rutschte ihm aus dem Mund.

„Ups, was sagten Sie, Herr Klein? Ich konnte Sie nicht recht verstehen!", hakte Tom mit einem Grinsen auf dem Gesicht nach.

„Ach nix, habe nur laut gedacht!"

Dann ging Tom kurz aus dem Raum und kam mit einem Plastikbeutel mit Inhalt zurück. Mit gehobener Hand, lies er den Inhalt von oben auf den Tisch fallen!

„Hilft ihnen das beim Denken, Herr Klein?", fragte er dann weiter.

„So ein Arschloch", sagte Klein, „hat der sich doch tatsächlich erwischen lassen."

„Wer hat sich erwischen lassen, Herr Klein?", begann Tom erneut.

„Keine Ahnung, wer er war, er hatte mich immer mit verstellter Stimme angerufen! Keine Idee, wer das war. Außerdem wenn Sie das Geld haben, müssen Sie ihn doch auch haben, oder was wollen Sie von mir?", gab Sven Klein wieder einmal frech zur Antwort.

„Herr Klein, wissen Sie, ich habe jetzt keine Lust mehr und die Beweise liegen ja auch vor Ihnen auf dem Tisch! Ich verhafte sie hiermit und beschuldige Sie des fünffachen Mordes, Irreführung der Justiz und des Diebstahls. Sie werden noch heute nach Euskirchen überführt und warten dort auf Ihre Verhandlung.

Das Geld lasse ich Ihrer Mutter zukommen und was Sie getan haben werde ich ihr wohl auch mitteilen müssen."

Sven Klein schaute Tom Bauer nur mit offenem Mund an und hatte nichts mehr zu erwidern. Sofort wurde er von zwei Polizisten in eine Zelle geführt und wartete dort auf seinen Abtransport nach Euskirchen.

Er hatte keine Gegenwehr geleistet und gab sich allem hin.

Tom ließ sich den Vermieter, Herr Stoffel, noch einmal in den Verhörraum bringen!

Als sich dieser an den Tisch gesetzt hatte, fing Tom sofort an.

„Herr Stoffel auch Sie werde ich verhaften lassen!" begann er ohne zu zögern.

„Verhaftet? Ich? Wieso?", kam verängstigt aus dem Mund des Mannes.

„Ja, haben Sie denn gedacht, Sie würden so davonkommen? Sie haben durch ihre Unterlassung dazu beigetragen, dass Sven Klein weiter morden konnte.

Dann hatten Sie noch die unbeschreibliche Frechheit und Kälte, diesen bei seinen Eskapaden auch noch zu fotografieren. Außerdem bekommen Sie wegen schwerer Erpressung noch richtig Ärger, aber das soll Ihnen der Richter bei Ihrer Verhandlung erklären. Ich bin da raus, meine Arbeit ist getan."

„Abführen bitte!" Tom beendete mit diesen Worten das Gespräch und ging wieder einmal zufrieden und mit einem weiteren Abschluss eines Falls in sein Büro um sich dort einen Espresso zu genehmigen.

Regina und die Kollegen Groß, Schwarz und Schuh waren ihm gefolgt und hatten ihm gratuliert.

„Ihr müsst mir nicht gratulieren, das war doch unser Fall, allein hätte ich das nie geschafft. Ich danke euch, ihr seid ein super Team gewesen!"

Dann nach Büroschluss und einigen Zeilen mehr im Bericht von Tom Bauer ging es gemeinsam rüber ins ‚Bösch' um den Abschluss zu begießen.

Und wieder einmal hatte das Recht gesiegt und Tom Bauer souverän einen Fall gelöst.

Am Abend als er zu Hause angekommen war, hatte er auch noch Glück, denn Lulu war noch nicht im Bett, sondern saß mit ihrer Mutter im Wohnzimmer und malte.

Er berichtete kurz von seinem erfolgreichen Tag und dann genossen die Bauers ihren Abend und freuten sich auf den bevorstehenden Nachwuchs!

ENDE

Zeitfracht Medien GmbH
Ferdinand-Jühlke-Straße 7
99095 Erfurt, Deutschland
produktsicherheit@kolibri360.de